ダークエルフの口づけ
DARKELF BELLA
には、刃《やいば》が必要ですから」
エルフは無表情にそう言った。
復讐の女神との間に
契約を交わしたような気分がした。
JN266469

"百顔の"ラミア
保安主任ベラ
警備兵アマデオ

「殺そうとするものは殺されることを覚悟しなくてはなりません」
暗殺者フェシー＆ロゼッタ
SWORD WORLD

『あっ。円舞曲《えんぶきょく》……』
少女はか細く消え入りそうな
声でつぶやいた。
公爵家令嬢 エビータ

ソード・ワールド・ノベル

ダークエルフの口づけ

1248

川人忠明

富士見ファンタジア文庫

21-81

口絵・本文イラスト　椎名優

目次

ラムリアース
ファンドリア
オーファン
ロマール
DARKELF BELLA

新王国暦《れき》四九四年。

邪竜《じゃりゅう》クリシュによって滅亡《めつぼう》に瀕《ひん》していたファン王国の南東部で、いくつかのギルドや結社が協力して、後に「混沌《こんとん》の王国」と呼《よ》ばれることになるひとつの国をつくった。

ファンドリアである。

建国の王は、テイラーI世。しかし、国政《こくせい》に関する実権《じっけん》は国王にはなく、彼を玉座《ぎょくざ》に祭り上げた貿易商《ぼうえきしょう》ギルド、盗賊《とうぞく》ギルド、暗黒神《ファラリス》神殿《しんでん》とその信者団体《だんたい》〈黒き太陽〉などの一部の組織《そしき》に握《にぎ》られていた。これらの組織は、対立と妥協《だきょう》とを繰《く》り返しながら、それぞれの都合によって国政に介入《かいにゅう》した。ある組織によって新たな法律《ほうりつ》がつくられ、次の日には別の組織によってその法律とは矛盾《むじゅん》する内容《ないよう》の法律が発布《はっぷ》されるというようなことは、この国では珍《めずら》しくなかった。国王は、組織の要請《ようせい》あるいは脅迫《きょうはく》により、これらの法律を発効《はっこう》することのみを存在意義《そんざいいぎ》としているかのようであった。むろん、それに対して不満を抱《いだ》かなかったわけではないが、そうした不満を形に表そうとした瞬間《しゅんかん》、テイラーI世はこの世から消えたのだった。その後を継《つ》いだロッドI世も同じ運命を辿《たど》り、現在《げんざい》は三代目のテイラーII世が王位にある。政治に興味《きょうみ》を示《しめ》さない彼は、現在のところ長生きするだろうと思われている。

　こうした政治状況《じょうきょう》の混乱《こんらん》が「混沌の王国」と呼ばれる理由なのだった。が、それ以上に人々の嫌悪《けんお》を招《まね》いているのは、暗黒神《ファラリス》への信仰を公認《こうにん》し、ダークエルフたちに市民権を与《あた》えていることだろう。暗黒神《ファラリス》への信仰《しんこう》とダークエルフたちの存在は、大陸中のほとんどの国において邪悪とされ、憎《にく》しみと嫌悪の対象となっているからだ。

　そして、このファンドリアの片隅《かたすみ》で物語は密《ひそ》かにはじまる……

黄金の髪

プロローグ

～月の夜に、ふたりは出会う。

空には星がきらめいていた。

細く弓なりになった月の冴《さ》え冴《ざ》えとした明かりが起《き》伏《ふく》の激《はげ》しい荒野《こうや》を照らしている。黒い闇《やみ》の海のなかに、ゴツゴツとした岩が点々と浮《う》き上がっていた。

その荒野を小さな影《かげ》が走っていた。

十歳《さい》前後に見える少年だ。ボサボサの黒髪の下に、凛々《りり》しく整《ととの》った顔があった。その頬《ほお》には、黒い汚《よご》れがこびりついている。服は至《いた》るところが破《やぶ》れてボロ布《ぬの》同然になっており、露《あらわ》になった肌《はだ》には鞭打《むちう》たれたような生々しい傷跡《きずあと》があった。その傷からあふれたものか、服には血が染《し》みついていた。

少年は、雑草《ざっそう》の生えた凸凹《でこぼこ》の地面につまずいたり滑《すべ》ったりして何度も転《ころ》びそうになっていた。が、それでも足を止めず、ひたすら駆《か》けている。まるでなにかに急《せ》き立てられてでもいるように、その顔には明らかな焦燥感《しょうそうかん》が表れていた。

風が吹《ふ》き、かすかな声を少年の耳に運んできた。

少年ははっとして立ちどまり、振《ふ》り返った。

ずっと背後《はいご》の暗闇《くらやみ》のなかに、チラチラと揺《ゆ》れる光が見えた。松明《たいまつ》の炎《ほのお》だ。

「ちくしょう！　どこへ行きやがった！」

うなるような怒号《どごう》が、今度ははっきりと聞こえた。

少年は、とっさにすぐ傍《かたわ》らの岩陰《いわかげ》に隠《かく》れた。

「大声を出すな。気づかれるぜ」

「どうせ松明の炎で気づくさ」

と、先の声にも負けないほどの大きな声が言った。いずれも別の声だ。

少年は岩陰からそっと顔を半分だけのぞかせ、様子をうかがった。

松明の灯火は三つ。しかし、月明かりの下におぼろげに見える人影はもっと多かった。なにかを探《さが》すように周囲の岩陰や窪《くぼ》みに松明を差し向けながら、徐々《じょじょ》に近づいてくる。

人影たちが探しているのは、少年だ。彼らは、少年を追ってきた追っ手だった。

少年はあたりを見渡《みわた》した。暗闇に慣《な》れてきた日には、岩の窪みや小さな茂《しげ》みがいくつか見えたが、身を隠せそうなところはなかった。あとは、気づかれないことを願って走り続けるしかないが……もし見つかれば、子供《こども》の足ではすぐに追いつかれてしまうだろう。

「ちっくしょう、転んじまった！　それもこれも、あの忌《い》ま忌《い》ましいガキのせいだぜ！」

と、やけに大きな声で毒づくのが聞こえた。

「へっ。てめえがぼんやりしてるから逃《に》げられるんだよ！　尻拭《しりぬぐ》いを手伝わされるこっちはいい迷惑《めいわく》だ」

「うるせえ！　その代わり、賭《か》けの負けを帳消しにしてやるって言ったろ？　それとも、戻《もど》るか？　いいんだぜ、それでも。ただし、帳消しの話はなしだからな」

「ふんっ、わかったよ。最後まで付き合う。ただし、本当に帳消しだからな」

「ああ。ただし、捕《つか》まえられたら、だ！」

「へいへい、捕まえられたらな。わかってる。絶対《ぜったい》に捕まえてやるよ！」

「くそっ！　これで二百ガメルがフイだ。あのガキ、捕まえたら、タダじゃおかねえ！」

「おいおい、殺すなよ。お頭《かしら》の命令だからな」

「心配するな、殺しゃしねえって。ただ、今度は逃げられねえように両足をへし折ってやるだけだ」

グへへへヘッと、下品な笑い声が風に乗って流れてくる。

鼓動《こどう》が高鳴り、頭に血が上るのを少年は感じた。それが恐怖《きょうふ》によるものか、それとも男の理不尽《りふじん》さへの怒《いか》りによるものかはわからなかった。ただ、ここでじっとしていても見つけられるだけだということは、はっきりしていた。

とにかく、逃げるしかない。と、少年は意を決した。

いまなら、追っ手たちは話をするのに気を取られているから、もしかしたら気づかれずに遠くに離《はな》れられるかもしれない。

少年は立ち上がった。見つからないように身を屈《かが》めた姿勢《しせい》で、駆《か》け出そうとして振り返る。が、なにかの気配を感じて足を止め、ふと顔を上げた。

少年が隠れていた岩陰よりもすこし高くなっている岩場の上に、すらりとした細身の人影が立っていた。月の青い光を背負《せお》っているせいで、その姿《すがた》は黒い影にしか見えなかったが、冷めた視線《しせん》が少年の爪先《つまさき》から頭までを舐《な》めるように観察《かんさつ》しているのがわかった。

まるで、足元から蛇《へび》が絡《から》みつきながら這《は》い上がってきているかのようなおぞましい感覚に襲《おそ》われ、少年は身震《みぶる》いした。

「どうしたの？　逃げないの？」

と、人影はゆっくりとした口調で言った。若い女の声だった。

「…………」

少年は答えなかった。というよりも、答えられなかった。得体の知れない恐怖が、その心を凍《こお》りつかせていたのだ。

しばしの沈黙《ちんもく》のあと、

「逃げないのなら、それでもかまわないわ。手間が省《はぶ》けるから」

すこしつまらなそうに、女はため息をつく。

と、唐突《とうとつ》に、女は少年に迫《せま》った。驚《おどろ》くべき素早《すばや》さと身軽さだった。銀の糸のような長い髪《かみ》がふわりと舞《ま》ったかと思うと、女は最初にいた岩場から跳躍《ちょうやく》し、音もなく少年の目前に降《お》り立っていた。

青ざめた夜の光のなかに、女の姿が露《あらわ》になる。

肩口《かたぐち》から流れ落ち、柔《やわら》かくその華奢《きゃしゃ》な身体《からだ》を包む銀色の髪。髪の間からは特徴的《とくちょうてき》な先端《せんたん》の尖《とが》った耳が見えており、細く顎《あご》の尖った美貌《びぼう》のなかに血のように紅《あか》い瞳《ひとみ》があった。

そして……夜と同じ色をしたその肌《はだ》は、ダークエルフ族の証《あかし》だ。神代《かみよ》、暗黒神に与《くみ》して光の神々の軍勢《ぐんぜい》と戦ったとされる種族。

死と恐怖を司《つかさど》る者。闇《やみ》の住人。

彼らの多くが暗殺や盗みを生業《なりわい》とし、恐怖の対象として人々からそう呼ばれていることを、少年は知っていた。

「あなたは利口ね。逃げていたら、優《やさ》しく口づけしてあげたのに」

そう言って、ダークエルフの女は真っ赤な唇《くちびる》を歪《ゆが》めた。

少年は、氷の手で心臓《しんぞう》を鷲摑《わしづか》みにされたように感じた。

ダークエルフの口づけは、死の宣告《せんこく》。

世間で言われているそんな言葉が脳裏《のうり》をよぎる。

「窮鼠《きゆうそ》、猫《ねこ》を嚙《か》む」というが、本当に恐《おそ》ろしいものに睨《にら》みつけられたとき、人は身動きひとつできなくなるものなのだと少年は悟《さと》った。息をすることすらも忘《わす》れてしまったかのように、少年はその青い瞳《ひとみ》で目前に立つ死の影《かげ》を見つめていた。

そのとき。

「へへへっ。さすがだね、もう捕まえちまったのか」

追っ手の男の声が、すぐ近くから聞こえた。遠くで聞こえていたときには気にならなかったが、間近で聞くと胸《むね》が悪くなるような下劣《げれつ》な響《ひび》きのある声だ。

しかし、その声のおかげで少年はダークエルフの女の呪縛《じゅばく》から解放《かいほう》された。驚《おどろ》いて振《ふ》り返ると、追っ手たちはすぐそこまで来ていた。松明《たいまつ》の炎《ほのお》の下に、いかにも粗野《そや》な印象の不《ぶ》精髭《しょうひげ》を生やした顔が並《なら》んでいるのが見える。一目でならず者とわかる風体《ふうてい》だった。

「あっしたちの演技《えんぎ》、どうでした？　うまいもんでしょう？」

ひとりの男が嘲笑《あざわら》うような視線《しせん》で少年を一瞥《いちべつ》したあと、得意げな顔をダークエルフに向けた。

「ヘタクソだったわ」

ダークエルフは即答《そくとう》した。

「な、なんだと！」

身も蓋《ふた》もない答えに、男は色めき立った。顔が紅潮《こうちょう》したように見えたのは、赤みを帯びた松明の明かりのせいではなかっただろう。

「声が不自然に大きすぎる。子供《こども》相手でなかったら、即座《そくざ》に演技だと見破《みやぶ》られていたわね」

「子供相手じゃねえか！」

男は少年を差して声を荒《あら》げた。

「だから手を抜《ぬ》いたとでも言うの？」

「へっ。そうだよ」

「そうなの」

ダークエルフがそうつぶやいた瞬間、なにかがキラリと光った。

突然《とつぜん》、男が倒《たお》れる。

「おい。どうした？」

傍《かたわ》らの仲間が声をかけたが、反応《はんのう》はなかった。不審《ふしん》げな顔を見合わせて、仲間のひとりが男の身体を抱《だ》き起こす。と、男の生気を失った目が仲間たちを見つめ返した。その顔は紫《むらさき》に変色し、だらしなく開いた口元には泡《あわ》がこびりついていた。

少年は、その胸に短剣《たんけん》が深々と突《つ》き刺《さ》さっているのを見た。

「し、死んでる！」

男を抱き起こした仲間は、悲鳴のような上ずった声を上げて尻餅《しりもち》をついた。その身体の上に死体がのしかかり、さらに情《なさ》けない声が上がる。

「殺したのか？」

別の仲間が、驚《おどろ》きと怒《いか》りとを含《ふく》んだ眼光《がんこう》で、死の運び手たる種族の女を睨《にら》んだ。

「無能《むのう》な上に怠惰《たいだ》とあっては、生きている価値《かち》はないわ」

それがこの世の絶対《ぜったい》の真理であるが如《ごと》く、ダークエルフの女は断言《だんげん》した。

死んだ男の仲間たちは言葉を失い、青ざめた。仲間を殺された怒りよりも、その真理に基《もと》づく刃《やいば》が自らに向けられることを恐れているのだ。

「さあ。戻《もど》るわよ、坊《ぼう》や」

と、ダークエルフの女が少年に手を伸《の》ばしたとき、猛禽類《もうきんるい》を思わせる高く鋭《するど》い鳴き声が空に響《ひび》いた。

少年は思わず空を見上げたが、三日月が皓々《こうこう》と輝《かがや》く夜空に鳥の影《かげ》はなかった。男たちも頭上を仰《あお》ぎ、その声の主を探《さが》していた。

次いで、風が運んできたのは、寒い冬の朝の空気を連想させるリンと透《す》き通った女の声だった。

「〝ノーム、堅《かた》き大地を司《つかさど》る者よ！　その拳《こぶし》を突《つ》き上げ給《たま》え！〟」

それは、呪文《じゅもん》の詠唱《えいしょう》。

「くっ！」

ダークエルフの女が身構《みがま》えた刹那《せつな》、

「〝我《わ》が敵《てき》を打ち砕《くだ》かんがため！〟」

詠唱が終結した。

凄《すさ》まじい轟音《ごうおん》が夜の静寂《せいじゃく》を圧《あつ》する。周囲の地面から、無数の石つぶてが男たちやダークエルフの女ひとりひとりを包み込《こ》むように襲《おそ》いかかったのだ。

恐《おそ》ろしい絶叫《ぜっきょう》が響いた。

巻《ま》き上げられた土煙《つちけむり》に驚《おどろ》いて、少年は思わず顔をかばうようにしながら後ずさった。

そして、絶叫が途絶《とだ》え、土煙が風にかき消されたとき、そこに立っていたのはダークエルフの女と少年だけだった。男たちは全員、地面に転がっている。死んでいるのか、それとも気を失っているだけかはわからなかった。が、うめき声を上げている者はひとりもいなかった。

「……〝石つぶて《ストーンブラスト》〟の魔法《まほう》を全員に？　ムチャクチャなことをするわね」

傷《きず》つき、血を流しながら、ダークエルフは憎々《にくにく》しげに言い捨《す》てた。その憎悪《ぞうお》にギラギラと輝く瞳《ひとみ》が睨む先に、少年は視線《しせん》を巡《めぐ》らせた。

と、金色のきらめきが目に入った。

黄金色の髪《かみ》が月光を浴びて白みを帯び、風にたなびいていた。濃紺《のうこん》の闇《やみ》に縁取《ふちど》られた細くしなやかな人影が、ほんの十数歩の距離《きょり》をおいて立っている。

「ダークエルフの一味を相手に手加減《てかげん》する心は持ち合わせていません」

静かだが、毅然《きぜん》とした声で人影は言い放った。

「でも、後先は考えて行動することね。こんな魔法の使い方をしたら、もう精神力《せいしんりょく》は残っていないんじゃないの？」

「そう思うのなら、試してみますか？」

「…………」

返す言葉はなく、ただ無言で人影に鋭い視線を向けるダークエルフ。

人影もまた、黙《だま》ってそれを受けていた。

月すらも息を潜《ひそ》め、ふたりを見守っている。そう錯覚《さっかく》しそうなほどの静寂《せいじゃく》が支配《しはい》していた。周囲の空気が痛《いた》いほどに張《は》り詰《つ》め、まるで鋭く研《と》ぎ澄《す》まされた鋼《はがね》の糸が張り巡《めぐ》らされているかのようだった。すこしでも動けば、その糸に触《ふ》れて切り刻《きざ》まれてしまうかもしれない。そんな思いがして、少年は微動《びどう》だにできなかった。

やがて、ダークエルフの女がささやくように言う。

「……今度会ったときは、かならず殺すわ」

気の弱い者ならそれだけで殺せただろう言葉を残して、ダークエルフの女は星空に跳《と》んだ。くるりと一回転して背後《はいご》の岩の上に降《お》り立つと、身を翻《ひるがえ》して闇《やみ》のなかに消えた。

「大丈夫《だいじょうぶ》ですか？」

そこで少年のもとに駆《か》け寄《よ》った。

黄金色の髪を持つ人影が、少年のもとに駆け寄った。

そこで少年ははじめて、人影の顔をはっきりと見た。

闇のなかに、月の青白い光を受けて輝《かがや》いているように見える象牙色《ぞうげいろ》の肌《はだ》。知的でありながら、刃《やいば》のような鋭《するど》ささえ感じさせる美貌《びぼう》。金色の髪から突き出しているのは、先程《さきほど》のダークエルフのそれとよく似《に》た尖《とが》った耳だった。琥珀色《こはくいろ》の宝石をつけた耳飾《みみかざ》りが、かすかに揺《ゆ》れていた。

女は、エルフだった。

ともに世界樹《せかいじゅ》から生まれたとされるダークエルフ族とは正反対の性質《せいしつ》を持つ種族で、神々の戦いでは光の神々の軍勢《ぐんぜい》に属《ぞく》し、ダークエルフとも戦ったと伝えられる。

美しいエルフの緑色の瞳《ひとみ》が自分の姿《すがた》を映《うつ》しているのを、少年はじっと見つめ返していた。

「大丈夫ですか？」

そう繰《く》り返して、エルフの女は少年の顔に触《ふ》れた。

少年は、びくりとした。

エルフの手が、思ったよりも冷たかったからだ。そして、その冷たさが、少年にすべてを思い出させた。

「どうして？　どうして、あいつを逃《に》がしたの？　あんなやつ、こいつらみたいに殺しちゃえばよかったのに！」

すぐ傍《かたわ》らに転がる男たちの死体を鋭く指差し、いきなり身を乗り出すようにして少年は声を荒《あら》げた。

「こいつらが僕《ぼく》の村を襲《おそ》って、みんなを殺したんだ！　バジルも、セラも、ペドロも、イエルギンのおじさんも、ゾダーバングのおばさんも。それから、それから……お祖父《じい》ちゃんも！　みんなみんな、こいつらが殺したんだ！」

激情《げきじょう》のままに、少年は叫《さけ》んだ。

エルフの女が着ていた軽い革製《かわせい》の鎧《よろい》の胸元《むなもと》に拳《こぶし》を打ちつけ、泣いている。

「しかし、戦えばあなたを巻《ま》きこんでいたでしょう」

その声は、いささか事務的《じむてき》に過《す》ぎた。およそ感情というものが読み取れない口調に、少年は怒《いか》りをぶつける。

「僕のことなんか、どうだっていいんだ！」と、少年は激《はげ》しく頭を振《ふ》った。「あいつを……あいつらを殺してくれるなら、僕のことなんかどうだってよかったんだ！」

怒りと憎《にく》しみと悲しみと、心のなかを満たす諸々《もろもろ》の感情のすべてを吐《は》き出すように、少年は嗚咽《おえつ》した。破《やぶ》れた服の隙間《すきま》からのぞいた小さな肩《かた》が、ぶるぶると小刻《こきざ》みに震《ふる》えている。

女は、その肩をそっと手で包んだ。

「それほど憎いなら、殺しますか？」

「えっ？」

少年にとって、その言葉は思いもかけないものだったに違《ちが》いない。

驚《おどろ》きと戸惑《とまど》いを露《あらわ》にして、少年の青い瞳《ひとみ》がエルフを見上げた。

「復讐《ふくしゅう》を望むのなら、手を貸《か》すことはできると思います」

と、女は平然と言った。

「復讐？」

問い返した少年に、女はうなずく。

「連中を許《ゆる》せないと思うのなら、仇《かたき》を取るのもひとつの方法です。大切な人たちを殺されたあなたには、その権利《けんり》があります」

「僕が、みんなの、仇を……取る……」

少年は一言一言を噛《か》み締《し》めるようにつぶやいた。

その言葉の意味をゆっくりと身体《からだ》の奥深《おくふか》く、心のずっと底まで染《し》み通らせていく。少年の高鳴る心臓《しんぞう》の鼓動《こどう》が、肩を包む手のひらから女にも伝わっていた。

やがて、その鼓動が落ちつきを取り戻《もど》した頃《ころ》、少年は大きく深呼吸《しんこきゅう》をした。そして、ボロボロになった服の懐《ふところ》をさぐり、白い宝石が嵌《は》め込まれた銀のペンダントを取り出す。

「お姉さん。これを受け取って」

「それは?」

「お母さんの形見だって、お祖父ちゃんは言ってた。とても高価《こうか》なものだって」

と、少年は言った。だから、あのならず者たちにも見つからないように慎重《しんちょう》に隠《かく》し持っていたのだ。

「僕には、お姉さんに渡《わた》せるものはこれくらいしかないんだ。もし足りないなら、後でどんなことをしても払《はら》うから……だから、お願い! 復讐するのを手伝ってください。僕、みんなの仇を討《う》ちたいんだ!」

決意を秘《ひ》めた真剣《しんけん》な眼差《まなざ》しが、エルフの女をまっすぐに見つめていた。

「それは、必要ありません。わたしは冒険者《ぼうけんしゃ》です」

「冒険者?」

それは、村などを襲《おそ》う怪物《かいぶつ》や盗賊《とうぞく》の退治《たいじ》を請《う》け負ったり、古代遺跡《いせき》に潜《もぐ》ってさまざまな秘宝《ひほう》を探《さが》し出してくる者たちだ。

「はい。あなたたちの領主《りょうしゅ》から、このあたりの村を次々に襲っているならず者の集団《しゅうだん》を始末するようにと依頼《いらい》を受け、仲間たちといっしょにやってきたところだったのです。あなたの大切な人たちを殺した連中は、そのならず者たちにまず間違いないでしょう。だから、あなたが依頼料を支払《しはら》う必要はありません」

「ご領主様が？」

「はい」

エルフの女はうなずいた。

少年はうつむき、それからなにかを振《ふ》り払うように首を振った。

「ううん。それじゃあ、ダメだ」と、顔を上げる。「これは、僕からの依頼でなきゃ、ダメなんだ！　僕が、みんなの仇を討ちたいんだ！　だから、これは受け取ってください」

母親の形見だというペンダントを、少年は女の前に差し出した。その手は、かすかに震《ふる》えている。

それまで、なんの心の変化も表さなかったエルフの女の顔に、わずかだが困惑《こんわく》したような表情《ひょうじょう》が浮《う》かんだ。びしょ濡《ぬ》れになった子猫《こねこ》に手を差し伸《の》べて、逆《ぎゃく》に毛を逆立《さかだ》てられてしまったときのような、どうしてそんなことをするのかわからないという戸惑いの表情だ。

「お願い」

と、少年は繰《く》り返した。

少年の青い瞳と、エルフの緑色の瞳が向き合っていた。

冷たい夜気をはらんだ風が、ふたりの間を吹《ふ》き抜《ぬ》けた。

「わかりました」

エルフの女はうなずき、ペンダントを少年の手から受け取った。樹木《じゅもく》を象《かたど》った繊細《せんさい》で複《ふく》雑《ざつ》な意匠《いしょう》が施《ほどこ》された銀の台座《だいざ》に、乳白色《にゅうはくしょく》の宝石がはめ込まれている。小さいが珍《めずら》しい宝石で、細工もかなり上質《じょうしつ》のものだった。少年の言う通り、極めて高価《こうか》なものであることが一目でわかった。

「その代わり、これを持っていてください」

エルフは腰《こし》のベルトから一本の短剣《たんけん》を抜いた。それを丁重《ていちょう》な仕草で少年に差し出す。

緩《ゆる》やかに反《そ》った片刃《かたは》の短剣で、刃《やいば》の腹《はら》にはなにか文字のようなものが刻《きざ》まれていた。それは下位古代語《かいこだいご》と呼《よ》ばれる、古代魔法《まほう》王国で使用されていた言語だが、少年にはわからなかった。柄《つか》には、精巧《せいこう》な乙女《おとめ》の意匠が施されている。

「どうして、これを？」

と少年が不思議そうな顔をして聞いた。

「復讐《ふくしゅう》には、刃が必要ですから」

エルフは無表情にそう言った。

憎《にく》い敵《てき》の身体《からだ》に深く突《つ》き立て、その命を絶《た》つための刃だ。

「はい」

少年は、白く冷ややかな手から短剣を受け取った。復讐の女神との間に契約《けいやく》を交わしたような気分がした。憎しみと怒りによって敵《てき》を殺す刃を手に入れる代償《だいしょう》として、自分は母親の形見のペンダント以上のなにかを失わなくてはならないかもしれないという、漠然《ばくぜん》とした暗い予感があった。

「僕は、これからどうしたらいい?」

刃の冷たい感触《かんしょく》を手のひらに感じながら、少年は問うた。

「すこし離《はな》れた場所に、わたしの仲間たちが野営《やえい》をしています。ひとまず、そこまで戻《もど》りましょう。あなたを、みんなに紹介《しょうかい》しなくてはなりませんから」

そして、月光のなかに淡《あわ》く浮《う》かび上がる幻想的《げんそうてき》な微笑《びしょう》を浮かべた。

「あなたの名前を聞いていませんでしたね」

「僕は……僕はアマデオ。お姉さんの名前は?」

「ベラです」

美しいエルフの女は、そう答えた。

第1章

ふたりの暗殺者

～血に濡れて、少女は復讐を誓う。

「愛してる」
「愛してるわ」

雨が降《ふ》っている。

一台の馬車が、小麦畑の間を縫《ぬ》うようにして延《の》びる細い道を、ゆっくりと走っていた。

すでに夜半を過《す》ぎているため、周囲に人影《ひとかげ》はなく、雨音と車輪がぬかるんだ地面に轍《わだち》を刻《きざ》みながら回る音だけが静かに聞こえていた。

馬車は黒塗《くろぬ》りの二頭立てで、華美《かび》ではないが、よく見れば一流の職人《しょくにん》の仕事だとわかる極上の装飾《そうしょく》が施《ほどこ》されている。絡《から》みあった蔓草《つるくさ》のような繊細《せんさい》な金の彫金《ちょうきん》に縁取《ふちど》られた扉《とびら》には、車輪と羽根ペンを象《かたど》った紋章《もんしょう》がついていた。

やがて、馬車が、道が大きく曲がったところに差しかかったときのことだ。雨避《あまよ》けのフードを目深《まぶか》に被《かぶ》った御者《ぎょしゃ》は、行方《ゆくえ》を照らすランタンの頼《たよ》りなげな明かりのなかに、なにか赤くて丸いものが数個《すうこ》、転がり込《こ》んできたのを見た。

「なんだ？」

と、身を乗り出した御者は、しかし、それがなんであるのかを確《たし》かめることはできなかった。

続けざまに三度、爆発《ばくはつ》が起こった。

渦巻《うずま》くような炎《ほのお》が噴《ふ》き上がり、凄《すさ》まじい爆風が馬車を軽々と吹《ふ》き飛ばした。

たわわに実り、金色に色づいた小麦をなぎ倒《たお》しながら、馬車は地面に叩《たた》き付けられた。その衝撃《しょうげき》で、車体が割《わ》れ軋《きし》む不吉な音が響《ひび》いた。が、まるでそれをつくった職人の魂《たましい》が乗り移《うつ》ったかのような頑固《がんこ》さで、かろうじて原形だけは留《とど》めた。

ドサリと、赤黒い塊《かたまり》が横倒しになった馬車の傍《かたわ》らに落ちる。悲鳴を上げる暇《ひま》すらなく、真っ黒く焦《こ》げた憐《あわ》れな御者の死体だった。

瞬間的《しゅんかんてき》に熱せられた地面から、激《はげ》しく蒸気《じょうき》が上がる。

次いで、黒装束《くろしょうぞく》の人影《ひとかげ》が小麦畑のあちらこちらから姿《すがた》を現《あらわ》した。その十数名の人影は、死肉に群《むら》がる幽鬼《ゆうき》のように音もなく動き、素早《すばや》く馬車を取り囲んだ。ひとりが、身軽な動作で半壊状態《はんかいじょうたい》の馬車の上に飛び乗り、躊躇《ちゅうちょ》する様子もなくその扉を乱暴《らんぼう》に開いた。

「よし。死んでいるぞ」

ややほっとしたような響きが混《ま》じった低い声で、人影は言った。

「死体を引きずり出せ。本人かどうか確認《かくにん》する」

別の黒装束が指示《しじ》した。言葉は厳《きび》しいが、口調はそれほどでもない。確認すると言いながら、本心ではまず本人に間違《まちが》いないだろうとタカを括《くく》っているようだった。

「茶番だわ」

指示に従《したが》い、仲間たちが死体を馬車から運び出そうとしているのを遠巻《とおま》きに眺《なが》めながら、ほっそりとした小柄《こがら》な影が吐《は》き捨《す》てるように言った。少女とも思える若《わか》い女の声だ。

「で、ロゼッタ。あなた、なにをしているの？」

その人影は、傍らにしゃがんでいる仲間のほうを見た。

「この子を殺してあげようと思って」

仲間の足元には、馬車を引いていた馬の一頭が横たわっていた。爆発のために後ろ足が完全に失われている。が、不幸にもまだ生き続けていた。片割《かたわ》れは、別の場所ですでに息《いき》絶《た》えているというのに。

「殺さなくても、放《ほう》っておけば死ぬわ」

「そうね。でも、早く楽にしてあげたいから」

「……そう。なら、好きにすればいいわ」

「うん」

ロゼッタと呼《よ》ばれた人影はうなずくと、腰《こし》に帯びた短剣《たんけん》を引き抜《ぬ》いた。研《と》ぎ澄《す》まされた鋭利《えいり》な刃《やいば》が、寸分《すんぶん》の狂《くる》いもなく馬の急所をえぐり、素早くその命を奪《うば》った。

「……ごめんなさい、フェシー。あなたは、こんな自己《じこ》満足なやり方、嫌《いや》なんでしょう？」

「別に。ロゼッタがそうしたいのなら、それでいいわ」

ゆっくりと立ち上がり、悲しげな瞳《ひとみ》で振《ふ》り返ったロゼッタに、フェシーは答えた。

「違うぞ。こいつは、フェルゴではない！」

狼狽《ろうばい》した声が上がった。

「バカな！　そんなはずはない。ちゃんと車輪と羽根ペンの紋章《もんしょう》がついていたんだ。〈沈《ちん》黙《もく》の紳士《しんし》〉会館の馬車に間違いない」

〈ロス・ペラス沈黙の紳士〉会館は、ファンドリアの貿易商《ぼうえきしょう》ギルドが有する重要施設《しせつ》のひとつだ。ここでは、数日おきに会館が主催《しゅさい》するパーティが開かれ、多くの貴族《きぞく》や豪商《ごうしょう》、名士のほか、国外からの使節などが招《まね》かれる。彼らは、このパーティという場を借り、ほかの組織に知られてはならないような事柄《ことがら》を話し合い、公《おおやけ》にはできない取り引きを行うのだ。

カルロス・フェルゴは、この会館の館主を務《つと》める実力者だ。車輪と羽根ペンの紋章は、会館の創設者《そうせつしゃ》であるロス・ペラスが使用していたもので、現在《げんざい》も変わらずその象徴《しょうちょう》として人々の意識《いしき》に刻《きざ》まれている。

フェシーたちは、そのフェルゴの殺害を依頼《いらい》された暗殺者同盟所属《どうめいしょぞく》の暗殺者だった。

どこのだれからの依頼なのかは、フェシーたちには知らされていない。おそらく、貿易商ギルドと敵対《てきたい》している暗黒神神殿《ファラリスしんでん》あたりだろう。あるいは、暗殺者同盟の上部からの直接命令かもしれない。商取り引きによる合法的な利潤《りじゅん》を追求する貿易商ギルドにとって、人殺しを生業《なりわい》とする暗殺者同盟は、盗人《ぬすっと》やスリなどの巣窟《そうくつ》である盗賊《とうぞく》ギルドと同等に目障《めざわ》りな存在《そんざい》だ。それ故《ゆえ》に、貿易商ギルドを軸《じく》とする三者の対立は根深い。

しかし、フェシーたち暗殺者にとってだれの依頼であるかということは関係がない。ただ、与《あた》えられた任務《にんむ》を遂行《すいこう》するだけだ。

——今夜、フェルゴが愛人との密会《みっかい》のためにファンドリアの都郊外《みやここうがい》の別荘《べっそう》へ行く。子飼《こが》いの情報屋《じょうほうや》からその情報を得たフェシーたちは、馬車の通り道であるこの場所で待ち伏《ぶ》せていたのだ。が……

驚《おどろ》きと戸惑《とまど》いを帯びた声とともに、仲間たちの間に動揺《どうよう》が走るのをフェシーは感じた。互《たが》いに、説明を求めるように顔を見合わせているが、答えを持ち合わせている者はだれもいない。

「フェシー」

と、ロゼッタがフェシーの背中《せなか》に身を寄《よ》せた。

「囲まれているみたい」

「……ええ。そのようね。あたしたち、どうやらはめられたらしいわ」

ロゼッタに言われて、フェシーもその気配に気づき、苦々しげに毒づいた。

夜の闇《やみ》にかけられた雨のカーテンの向こうに、息を押《お》し殺しながらこちらの様子をうかがっている気配があった。十人か、あるいはそれ以上か……隠《かく》そうとしても隠し切れない殺気が、わずかに漏《も》れ出している。

「ちくしょう！　罠《わな》だ！」

その気配に気づいて、だれかが叫《さけ》ぶのが聞こえた。

ほぼ同時に、馬車の周囲の風がうなりを上げた。

風は、瞬時《しゅんじ》に竜巻《たつまき》になり、人影《ひとかげ》たちを襲《おそ》った。恐《おそ》ろしい速度で旋回《せんかい》する風が真空状態《じょうたい》をつくり出し、その腕《うで》のなかにいる獲物《えもの》たちを切り刻《きざ》む。

鼓膜《こまく》が破《やぶ》れるかと思うほどの風鳴りに混《ま》じって、絶叫《ぜっきょう》が響《ひび》いていた。血と、雨水と、泥《どろ》水《みず》とが、つむじ巻く風に吸《す》い上げられて、周囲に飛び散《ち》った。

「これは……〝竜巻《ウインドストーム》〟の魔法《まほう》！」

頭上から降《ふ》り注ぐ血と泥水に濡《ぬ》れながら、フェシーはうなった。

精霊《せいれい》魔法のひとつである〝竜巻〟は、風の精霊王ジンの力を借りなければ使えない、極《きわ》めて高度な魔法だ。それを操《あやつ》るほどの精霊使いとなれば、アレクラスト大陸の中原四国《ちゅうげんよんごく》のひとつとして「混沌《こんとん》の王国」と呼《よ》ばれるファンドリアの都においても、十指《じっし》が余《あま》るほどしかいないだろう。

まともに戦っても勝てるかどうか怪《あや》しい相手だというのに、奇襲《きしゅう》されてしまっては見込《みこ》みは絶望的《ぜつぼうてき》なほどに薄《うす》い。

フェシーは、瞬時にそう判断《はんだん》し、ロゼッタの手を握《にぎ》った。

「逃《に》げるわよ、ロゼッタ」

「でも、みんなが」

竜巻のなかで血と泥にまみれていく仲間たちのほうを、不安げに見つめるロゼッタ。

「残念だけど、どうにもならないわ。それよりも、いまはあたしたちが生き延《の》びることを優先《ゆうせん》するべきよ。あたしは、あなたを、死なせたくないの」

フェシーは、ぎゅっとロゼッタの手を強く握った。それに応《こた》えるように、ロゼッタも握り返してきた。

「うん。わたしも同じ気持ちよ、フェシー。あなたに生きていてほしい」

「当たり前よ。死ぬつもりなんかないわ。だから、いまは逃げるの」

ふたりはうなずき合った。

そのとき。

『ウィル・オー・ウィスプ、闇《やみ》を退《しりぞ》けるものよ！　我《わ》が求めに応《こた》え給《たま》え！　疾《と》く来たりてその姿《すがた》を示《しめ》せ！』

リンとした女の声が響いた。呪文《じゅもん》の詠唱《えいしょう》だ。

次の瞬間、白く輝《かがや》く光の球体が四つ、忽然《こつぜん》と空中に現《あらわ》れて辺りを真昼のように照らし出した。突然《とつぜん》の光に、ふたりは思わず目を閉《と》じて顔を背《そむ》けた。その耳に、左右から迫《せま》る足音が届《とど》く。

まぶしさに痛《いた》む目を、フェシーは無理やりにこじ開けた。

小麦畑のなかを急速に近づいてくる三つの光が見える。ほの明るいランタンの光だ。その周りに、十人あまりの人影があった。

「ロゼッタ。敵《てき》が来るわ」

フェシーが発した警告《けいこく》の声に、

「こちらからも来ているみたい」

と、ロゼッタがささやき返した。

「走って、ロゼッタ。逃《に》げるのよ」

言うが早いか、返答を聞く暇《ひま》すら惜《お》しむように、フェシーはロゼッタの手を強引《ごういん》に引っ張《ぱ》って駆《か》け出した。左右から来る人影を避《さ》けるように、正面に続く道に沿《そ》って駆ける。

すぐに数人の人影が見えた。人影たちの持つランタンの明かりが、自分たちを捉《とら》えているのをフェシーは感じたが、構《かま》わず走った。

人影たちは、華奢《きゃしゃ》な人影を守るようにして剣《けん》を構《かま》えている。

「そいつが精霊使いね。わかりやすいわ」

「殺したいの？」

「殺してやりたいけど、無理だわ。道連れになら、できるかもしれないけど」

「なら、あきらめるの？」

「…………ただ、あきらめるのはおもしろくないから、一泡吹《ひとあわふ》かせてやるわ。いまはそれで我慢《がまん》する。そして、いつか殺してやるわ」

憎《にく》しみを込《こ》めて、フェシーは言った。

「そうね。いつか殺してあげましょう。みんなの恨《うら》みを込めて」

ロゼッタはフェシーの手を放し、足を速めて前に出た。

「道を空《あ》けるね」

「ええ。お願い」

フェシーは、ロゼッタの影に入った。ロゼッタの動きに合わせて、フェシーも動く。そうやってフェシーはロゼッタの影になる。幼《おさな》い頃《ころ》からいっしょに暗殺者としての訓練《くんれん》を受けてきたフェシーとロゼッタだからこそできる戦い方だ。

『ウィル・オー・ウィスプ、闇《やみ》を退けるものよ！』

光の精霊への呼《よ》びかけが聞こえてきた。精霊使いが魔法を使おうとしているのだ。

「唱《とな》えさせないわ」

ロゼッタが短剣を抜《ぬ》いた。

剣が風を切る音がした。ロゼッタは身を沈《しず》めてそれをかわすと、攻撃《こうげき》を仕掛《しか》けてきた男の懐《ふところ》のなかに潜《もぐ》り込んだ。体当たりをするようにして、その胸《むね》の真ん中にぬらりとした黒い刃《やいば》を突《つ》き刺《さ》す。

同時に、フェシーは地面を蹴《け》った。ロゼッタの小さな身体《からだ》に覆《おお》い被《かぶ》さるようにしている男の肩《かた》に手をかけ、そこを支点《してん》としてくるりと回転する。

フェシーは見た。男の後ろにいたのは、腰《こし》にまで届《とど》く金色の髪《かみ》のエルフの女だった。息をするのも忘《わす》れてしまいそうな美貌《びぼう》が、フェシーのほうを仰《あお》いだ。

が、完全な死角《しかく》からの不意打ちだ。いまさら対応《たいおう》できるはずはない、とフェシーは確信《かくしん》して唇《くちびる》の端《はし》をつり上げ、闇と同じ色をした刃《やいば》を振《ふ》り下ろした。

カキンッと、金属《きんぞく》と金属が打ち合う甲高《かんだか》い音が響《ひび》く。いつの間に抜き放ったものか、人影が手にする細身の剣が雨粒《あまつぶ》を切り裂《さ》き、水の尾《お》を引いていた。その細剣が、フェシーの短剣を弾《はじ》いていた。

フェシーは驚愕《きょうがく》する。見開かれた双眸《そうぼう》が、エルフの冷たく感情《かんじょう》の欠片《かけら》ひとつ感じさせない緑色の瞳《ひとみ》と合った。瞬間《しゅんかん》、ぞくりとした感覚が全身に駆《か》け巡《めぐ》る。背中《せなか》に冷たいものが伝った。

ぬかるんだ地面に着地したフェシーは、最初に行く手を阻《はば》んだのとは別の男からの剣撃《けんげき》をすり抜け、反撃に出ようとしていたロゼッタの手を摑《つか》んだ。そのまま、振《ふ》り返ることもなく、脱兎《だっと》のごとく逃《に》げ出した。

「どうしたの、フェシー?」

青ざめて必死の形相で疾駆《しっく》するフェシーに、ロゼッタは戸惑《とまど》いも露《あらわ》に問うた。

「……やばいわ」

と、フェシーはつぶやくように答えた。声が震《ふる》えている。

「え? なに?」

「やばいのよ、あいつは!」

叫《さけ》んだフェシーの脳裏《のうり》に、あのエルフの凍《い》てつくような眼差《まなざ》しが焼きついていた。

鋭《するど》ささえ感じさせる冷たい美貌《びぼう》の持ち主であるエルフの女精霊使いは、フェシーとロゼッタの後ろ姿《すがた》が暗闇《くらやみ》の向こうに消えるのを見て、光の精霊への呼びかけを中断《ちゅうだん》した。

「逃がすな!」

三名の部下が、暗殺者たちを追いかけていく。

金髪《きんぱつ》のエルフ――〈ロス・ペラス沈黙《ちんもく》の紳士《しんし》会館〉の保《ほ》安主任《あんしゅにん》を務《つと》めるベラは、無表《むひょう》情《じょう》のまま、手にしていた細身の剣を鞘《さや》に戻《もど》した。

「アマデオ。どうですか？」

ベラは目の前にしゃがんでいる黒髪の青年に向かって問うた。

青年は、その青い瞳でベラを見上げ、悲しげに首を振った。青年の前には、ひとりの男が横たわっている。ベラの盾《たて》となり、暗殺者の刃によって命を落とした男だ。

「そうですか」

と、ベラはとりわけ動揺《どうよう》した様子も悲しんでいる様子もなく、淡々《たんたん》とした口調で言った。

そして、黒髪の青年とすぐ傍《かたわ》らにいる二人の部下とに視線《しせん》を配る。

「あなたたちも、暗殺者を追いなさい。ひとりも生きて帰してはならない。それがフェルゴ様の命令です」

「しかし、主任。まだ敵《てき》が」

黒髪の青年は、転倒《てんとう》した馬車があるあたりを一瞥《いちべつ》した。

ベラが放った〝竜巻〟の魔法《まほう》の一撃《いちげき》だけでは、さすがに暗殺者全員を片付《かたづ》けることはできなかったようだ。必然的に、脱出《だっしゅつ》を試みようとする暗殺者たちと、それを阻もうとするベラの部下たちとの間で戦いがはじまっていたのだ。

「心配はいりません。あちらは、すぐに片がつきます。しかし、あのふたりはそうはいかないかもしれません。追いかけた三人だけでは、すこし荷が重いでしょう。あなたたちも、気を引き締《し》めて追いなさい」

「……わかりました」

七年前、冴《さ》え冴《ざ》えとした月明かりの下、あの荒地《こうや》ではじめて出会ったときの少年の面影《おもかげ》を残す青年は、まるで若《わか》さを示《しめ》すかのような一途《いちず》な瞳でうなずいた。そして、二人の仲間ともうなずき合い、ふたりの暗殺者が消えた闇《やみ》に向かって走っていった。筋骨逞《きんこつたくま》しいというわけではないが、よく鍛《きた》えられた長身が遠ざかる。

ベラは無言でそれを見送ると、足許《あしもと》に横たえられた彼女に忠実《ちゅうじつ》だったひとりの部下の亡《な》骸《がら》を一瞥《いちべつ》した。

死者は、静かに眠《ねむ》っているように見えた。

一瞬、ベラはなにか言いたげな顔をしたが、結局、なにも言わなかった。

雨音と、殺し合いの音が、聞こえていた。

「追いかけてくるみたいよ、フェシー」

懸命《けんめい》に走るフェシーの背中《せなか》に、やや不安げにロゼッタの声がすがりついてきた。

「わかってる。数はわかる？」

「うん。たぶん五人か六人ね」

「精霊使《せいれいつか》いは？　さっきのエルフの女はいる？」

「はっきりとは言えないけど、たぶんいないと思うわ。みんな足どりが重いし、体格《たいかく》もよさそうだし。全員、男みたい」

「そうか。あのエルフがいないのなら、なんとかなるかもしれないわね」

フェシーは唇《くちびる》を舐《な》めた。浮気心《うわきごころ》が頭をもたげる。

「ねえ、フェシー。わたし、みんなの仇《かたき》をすこしでも討《う》っておきたいって思うの」

ロゼッタの言葉に、フェシーは笑《え》みをこぼした。

「ああ、ロゼッタ。だから、あなたのことが大好きなんだわ。あたしもいま、同じことを考えていたの」

「わたしもあなたが大好きなのよ、フェシー。いつだって、わたしがそうしてほしいことをわかってくれるんだもの」

「ふふふ。いいわ、ロゼッタ。あいつらの血で、みんなの墓《はか》に供《そな》える花を染《そ》めることにするわ」

「うん。真っ白なユリを真っ赤に染めて、みんなの旅立ちをきれいに飾《かざ》りましょうね。きっと素敵《すてき》な弔《とむら》いになるわ」

フェシーとロゼッタは立ち止まり、互《たが》いに相手の左手に右手を合わせた。

「愛してる」

「愛してるわ」

ふたりは、そっと唇を重ねた。

「いたぞ！　逃《に》がすな！」

追っ手の声は、もうかなり近づいていた。

名残惜《なごりお》しげに唇を離《はな》し、互いの瞳《ひとみ》のなかに自分の姿《すがた》を映《うつ》しながら、フェシーとロゼッタはささやいた。

「「じゃあ、うまく殺《や》りましょう」」

そして、ふたりは左右にわかれて走った。


暗殺者の影《かげ》が二手にわかれたのを見て、アマデオたちも二手にわかれた。前を走っていた三人が左へ向かった暗殺者を追い、アマデオたち後続組は右を追った。

細い畦《あぜ》を走り、暗殺者の影が小麦畑のなかに飛び込んだ。アマデオらもそれに続いた。

そして、畑を突《つ》き抜《ぬ》けたとき、目の前には川が流れていた。雨のために増水《ぞうすい》した川は、ドウドウとうなりながら流れている。岸辺に点々と生えている背《せ》の高い木が、風に揺《ゆ》れている影がぼんやりと見えた。

が、暗殺者の影は見あたらなかった。

「くそっ！　どこへ行ったんだ？」

「警戒《けいかい》しろ。どこかに潜《ひそ》んでいるはずだぞ」

仲間たちの声に、アマデオは剣《けん》を抜いて身構《みがま》えた。そこかしこにわだかまる暗がりに油《ゆ》断《だん》なく視線《しせん》を巡《めぐ》らせ、耳を澄《す》ます。が、闇《やみ》は深く、風と雨と川の流れる音が混《ま》じり合い、暗殺者の息遣《いきづか》いを隠《かく》しているようだった。

「うわあっ！」

唐突《とうとつ》に、悲鳴があった。ガシャンと、ランタンが地面に落ちた。次いで、大きな水音がする。仲間のひとりが、川に落ちたのだ。

アマデオは、その名を叫《さけ》び、川縁《かわべり》ぎりぎりまで駆《か》け寄《よ》った。ランタンを拾い、濁流《だくりゅう》と化している川を照らしたが、すでに仲間の姿は見えなくなっていた。

「アマデオ。敵《てき》だ！」

と、もうひとりの仲間が警告を発した。

アマデオが振《ふ》り返ると、すこし上流に位置する木の下、激《はげ》しい川の流れのなかから、人影がゆらりと立ち上がるのが見えた。慌《あわ》ててランタンを向けると、夜と雨雲とがつくり出す暗がりのなかにほっそりとした小柄《こがら》な影を映《うつ》し出した。

上半身にぴったりとした薄《うす》い革製《かわせい》の鎧《よろい》をつけた少女がそこに立っていた。長い黒髪《くろかみ》を頭の上に丸めて載《の》せている。髪をくくる赤と黒の組紐《くみひも》が、風になびいていた。強烈《きょうれつ》な殺気をはらんだ眼光《がんこう》が、アマデオたちを射抜《いぬ》こうとしている。

少女は手にしていたロープを捨《す》てて短剣《たんけん》を抜いた。そのロープの片端《かたはし》は、傍《かたわ》らの木の根本に巻《ま》き付いているように見える。

「川のなかに隠《かく》れていやがったのか」

と、仲間の男が毒づいた。

それで、アマデオもなにが起こったかを察《さっ》した。

少女は木に繋《つな》いだロープを握《にぎ》って流されないようにしながら川のなかに潜《ひそ》み、隙《すき》を見て、追っ手のひとりを引きずり込《こ》んだのだ。黒装束《くろしょうぞく》を脱《ぬ》いでいるのは、布《ぬの》製の黒装束が流れをはらんで邪魔《じゃま》になったからだろう。

「で、でも……女の子じゃないのか?」

暗殺者の正体に、アマデオは動揺《どうよう》していた。少女は、アマデオよりもずっと年下に見えたからだ。

「女だろうが、子供《こども》だろうが関係ねえ！」

　仲間の男は剣を振り上げ、素早《すばや》く突進《とっしん》した。濡《ぬ》れた足場に惑《まど》うことなく、瞬時《しゅんじ》に間合いを詰《つ》めたのは、男の実力が相応《そうおう》のものであることを示《しめ》していた。

　が、男が裂帛《れっぱく》の気合いとともに繰《く》り出した一撃《いちげき》を、少女は難《なん》なくかわす。男は剣を薙《な》ぐ。さらに少女はかわす。

「アマデオ。なにをしてる！　挟《はさ》み撃《う》ちだ」

　続けて剣を繰り出しながら、男は声を張《は》り上げた。ことさらに大声で言ったのは、少女の注意をアマデオに向けさせ、隙《すき》をつくろうという意図があるのだろう。

「お、おう」

　アマデオはうなずき、少女の背後《はいご》に駆《か》け寄《よ》った。男との間に、少女を挟む位置だ。少女がちらりと視線《しせん》をくれた。その一瞬に、男は攻撃を仕掛《しか》けようとしたが、少女の短剣がそれを牽制《けんせい》する。チッと、男が舌打《したう》ちした。

「君は暗殺者なのか？　本当に、君みたいな女の子が？」

　アマデオの戸惑いが、その声色《こわいろ》に如実《にょじつ》に表れていた。

「ん？　あんた、なにを言ってんの？」

少女が眉《まゆ》を寄せ、

「バカ野郎《やろう》！　女も子供も関係ねえって言っただろうが」

と、男ががなった。

アマデオは少女と男を交互《こうご》に見ながら、「しかし」と言いよどんだ。

「目の前にいるやつを見ろ、アマデオ！」と、男は怒鳴《どな》った。「盗賊《とうぞく》ギルドとか暗殺者同盟《どうめい》とかにはな、こういう輩《やから》がそれこそ腐《くさ》るほどいるんだ！　もとはたいてい孤児《こじ》で、そいつを組織《そしき》が拾って、盗人《ぬすっと》や娼婦《しょうふ》や暗殺者なんかに仕込むのさ。特に子供の暗殺者は役に立つ。そうかもしれないとわかっていても、おまえみたいに子供だからってつい油断《ゆだん》しちまうやつがいるからな。それに、殺す相手の趣味《しゅみ》によっちゃあ、相手が文字通り真っ裸《ぱだか》になっているところを襲《おそ》えるから、楽に確実《かくじつ》に殺せる」

「そ、そんなこと……」

「かわいそうだなんて、口が裂《さ》けても言うな。百歩譲《ゆず》って、思うのは構《かま》わねえ。だが、そう思っても、迷《まよ》わず殺せ。殺さなきゃ、おまえが死ぬだけだ。こいつらは、飯を食うように人を殺すぞ」

男は剣先を少女に向けたまま、早口に言った。その目は、油断なく少女を見据《みす》えている。わずかでも少女が動けば、それに即応《そくおう》して動ける体勢《たいせい》だ。

「……なんだか、ひどい言われようだわ」

と、少女は顔を歪《ゆが》める。泣いているのか、笑っているのか判然《はんぜん》とはしない。

「人を殺さなければごはんが食べられない。人を殺さなければ生きてはいけない。そう教えられたら、あんたたちだって、人を殺すだろ？　現《げん》に、会館の警備《けいび》兵《へい》は、侵入者《しんにゅうしゃ》を殺してお金をもらってるじゃない。暗殺者とどこが違《ちが》うのよ？」

「なっ……」

アマデオは絶句《ぜっく》する。思ってもみなかったことを指摘《してき》され、狼狽《ろうばい》したのだ。

その隙を見逃《みのが》さず、黒髪《くろかみ》の少女は素早《すばや》く動いた。あっという間にアマデオの目と鼻の先にまで突《つ》っ込み、逆手《さかて》に持った短剣《たんけん》を薙いだ。

「うわあああっ」

突然の襲撃《しゅうげき》に、アマデオは情《なさ》けない声を上げながら後退《あとずさ》り、濡《ぬ》れた草に足を滑《すべ》らせて尻《しり》餅《もち》をつくように転んだ。が、それが幸いし、少女の刃《やいば》は髪の毛数本を切り取っただけに終わった。

「もう、なによ」

アマデオの幸運に不満を鳴らしながら、少女は身を翻《ひるがえ》した。刃を切り返し、背後から斬《き》りかかってきた男の剣を受け流す。

「むっ」

男は顔をしかめた。剣先を前に流され、体勢を崩《くず》してしまったのだ。そこへ、刃がくる。身をよじり、転がるようにしてそれをかわそうとした男の頬《ほお》に、鋭利《えいり》な痛《いた》みが走った。刃がかすめたのだ。

「ぎゃああああああ——っ！」

絶叫《ぜっきょう》を上げてのたうち回る男。

「な、なんだ？」

どう見ても、少女が与《あた》えた傷《きず》はほんのかすり傷でしかない。だというのに、男の苦しみようは尋常《じんじょう》ではなかった。

「まさか、毒か？」

「当然だわ。あたしみたいな女の子が、いくら短剣を持ったからって、力任《ちからまか》せで大の男を殺せると思う？」

笑って、暗殺者の少女は短剣の黒い刃を見せる。

「でも、口ではあんなこと言ってたわりには、この男もバカだわ。あんたみたいな甘《あま》ちゃんを助けるために、無理に切り込んできたりするから、ちょっと受け流されただけで体勢を崩すのよ。あなたなんか放っておいて、万全の体勢で来られたら、すこし苦労したかもしれないのに」

と、少女は楽しそうに言い、「でも、最後にはやっぱりあたしが勝つんだけどね」と付け加えた。

「オ、オレを助けるために？」

アマデオの息が止まった。

「ふふふ。驚《おどろ》いた？　責任《せきにん》感じてる？　絶望してる？　でも、みんなの絶望はそんなものじゃないわ」

「みんな？」

「あたしの仲間。小さい頃《ころ》からずっと、いっしょに訓練《くんれん》をして、いっしょに任務《にんむ》をこなして、いっしょに生きてきた仲間。あなたたちが殺した仲間よ」

憎《にく》しみを込めてアマデオを睨《にら》みつけた少女の視線《しせん》が、ふと毒がもたらす激痛《げきつう》のために悶《もだ》え苦しんでいる男のほうへ落ちる。

「ぎゃあぎゃあと、うるさいのよ！」

と、突然《とつぜん》、少女は声を荒《あら》げた。男の顔を踏《ふ》みつけにして短剣を振《ふ》り下ろす。

「やめろ！」

アマデオは叫《さけ》んだが、間に合わなかった。

暗殺者の刃が、男の首筋《くびすじ》を裂《さ》いた。血が飛び散ったが、少女は身をかわした。毒を含《ふく》んだ血を浴びるのを避《さ》けたのだ。

「やめろって言っただろう！」

アマデオは、怒《いか》りに顔を歪めた。立ち上がりざま、少女を狙《ねら》って剣を振るう。

少女は後ろに跳《と》んでその剣先をやり過《す》ごした。それを追って、アマデオが間合いを詰《つ》める。怒りにまかせた、無防備《むぼうび》な踏み込みだ。

「ふふ。隙《すき》だらけ」

と、少女はほくそ笑む。頭上から打ち込まれた斬撃《ざんげき》を身を引いて避けながら、少女はアマデオの喉《のど》を狙って短剣を一閃《いっせん》しようとした。

突然、少女の身体《からだ》が動かなくなった。見ると、周囲の草が伸《の》び、少女の四肢《しし》に絡《から》みついている。

「なによ、これ？」

少女が目を見張《みは》ったとき、その脇腹《わきばら》をアマデオの剣が切り裂いた。

甲高《かんだか》い叫び声が暗闇《くらやみ》に響《ひび》いた。

身体に巻《ま》き付いていた植物の力がゆるみ、少女は倒《たお》れかけたが、どうにかそれを堪《こら》えた。

ヨロヨロと、ぬかるんだ地面に足を取られながら歩く。

「あたしは、死なないわ…………ロゼッタ、待ってて」

大量の血が、下半身を染《そ》めていた。

その後ろ姿《すがた》を見て、アマデオははっと我《われ》に返った。怒りが冷めると、後悔《こうかい》が胸《むね》に湧《わ》き起こってきた。

「お、おい。待て」

アマデオが呼《よ》びかけたとき、小柄《こがら》な少女の影《かげ》は川のなかに落ちた。


いつしか、雨が上がっていた。

雲の隙間から顔をのぞかせた月が照らす金色の小麦畑の真ん中に、黒装束《くろしょうぞく》に身を包んだロゼッタが立っていた。その傍《かたわ》らには、死体がひとつ転がっている。追っ手の最後のひとりだ。ほかの二人は、別のところですでに冷たくなっていた。

「いけない。ユリを調達するのを忘《わす》れていたみたい。せっかく、こんなに血が出ているのに」

血まみれの死体を見下ろし、ロゼッタは物憂《ものう》げにため息をついた。

「これひとつだけなら、持って帰れると思うけど……」

ロゼッタは本気でそれについて考えてみたが、すぐに頭を振った。

「やっぱりダメみたい。死体って重いし……仕方がないわ。みんなのお墓《はか》を飾《かざ》るときには、またたれか別の人を殺しましょう」

ひとり納得《なっとく》したようにうなずいて、ふとロゼッタは振り向いた。

カサカサという、かすかな音を聞いた気がしたのだ。

が、そこにはなにもなく、渡《わた》る風に小麦畑がざわめいているだけだった。

「気のせいみたい」

つぶやきながら、ロゼッタは風を感じたくなって顔を覆《おお》っていた布《ぬの》をはずした。布のなかにまとめて押《お》し込《こ》んでいたやや癖《くせ》のある灰色《はいいろ》の髪《かみ》が、ぱっと風になびく。

「気持ちいい風」

風に遊ぶ髪を軽くおさえながら顔を上げたロゼッタの目前に、ひとつの人影《ひとかげ》が立っていた。

金色の髪が目に入り、ロゼッタははっとする。その姿《すがた》には見覚えがあった。

「精霊使《せいれいつか》い！」

慌《あわ》てて後ろに飛び退《の》こうとしたロゼッタの動きが止まる。目を大きく見開き、「ああ……」とあえいだ。そっと、視線を落とすと、細身の剣が自分の腹部《ふくぶ》を貫《つらぬ》いているのが見えた。

「ああああああああ――――っ!」

　ロゼッタは悲鳴とも慟哭《どうこく》ともつかない声を上げた。

　ふらふらと後退《あとずさ》ると、剣《けん》が引き抜《ぬ》かれた。どっと血があふれ出し、急速に四肢《しし》から力が失われていくのがわかった。

「あ、あれ? どうしてなの?」

　いまにも崩《くず》れ落ちそうな身体《からだ》をどうにか支《ささ》えながら、ロゼッタは呆然《ぼうぜん》とつぶやいた。

「毒があなたの命を奪《うば》います」

「毒?」

「安心しなさい。あなたたちが使っているもののように、無意味な苦痛《くつう》を与《あた》える毒ではありません。苦しみも痛《いた》みもなく、素早《すばや》く命だけを奪い去ります。ただ、あなたはすこし毒に慣《な》れているようですね。そのために、毒の効《き》き目が緩《ゆる》やかになっているようです」

　部下を殺された憎《にく》しみも、殺意すらも感じさせない冷淡《れいたん》な瞳《ひとみ》がロゼッタを見ていた。

「死ぬの? わたし、死ぬの?」

　その問いかけに答えるように、ロゼッタの意識《いしき》は急速に混濁《こんだく》しはじめていた。底無し沼《ぬま》に引きずりこまれるような恐怖《きょうふ》に苛《さいな》まれながらも、ロゼッタは短剣を美貌《びぼう》のエルフに突《つ》き出した。

鋭《するど》さはなく、ぶるぶると震《ふる》えて切っ先も定まらない。すでに、腕《うで》を上げているだけでも精一杯《せいいっぱい》だった。人を刺《さ》し、命を奪う力は残っていないだろう。しかし、刃《やいば》には毒が塗《ぬ》ってある。〝闇の刃《ダーク・ブレイド》〟という名の暗殺者にはお似合《にあ》いの毒だ。

「あなたを殺さないと……」

ロゼッタは命の輝《かがや》きが失われようとしている瞳に、断固《だんこ》とした殺意の色だけを浮《う》かべ、エルフを睨《にら》んだ。

「わたしが、あなたを殺さないと、フェシーが死んでしまうわ。わたしが死んだら、きっとフェシーは復讐《ふくしゅう》をしようとするから。きっとフェシーだけでは、あなたを殺せないから」

「あなたにも、わたしは殺せないと思います」

エルフは無表情《むひょうじょう》のまま、軽く剣を薙《な》いだ。

血が夜空に噴《ふ》き上がった。首の致命的《ちめいてき》なところを切り裂《さ》かれ、ロゼッタは自らの血で自らを染《そ》めながら、膝《ひざ》から崩れ落ちた。そうしながら、むやみに短剣を振り回した。が、エルフはそれを必要最小限《さいしょうげん》の動作でかわした。なおも、ロゼッタはエルフに取りすがった。手に、なにか小さくて硬《かた》い石のようなものを握《にぎ》りしめた感触《かんしょく》があったが、それがなんなのかはわからなかった。

「こ、ろ……………」

殺さなければ、と言いたかった。

しかし、結局、ロゼッタはそのまま柔《やわ》らかな小麦の上に倒《たお》れた。仰《あお》向《む》けになって月を見上げる。その霞《かすみ》行《ゆ》く視《し》界《かい》のなかに、ふと影《かげ》が差した。金色の髪《かみ》の、黒い肌《はだ》のエルフがロゼッタを見下ろしていた。

あの精《せい》霊《れい》使《つか》いのエルフだ。

(どうしてなの?)

疑《ぎ》問《もん》と同時に、組《そ》織《しき》のなかで聞いたある噂《うわさ》が思い出された。

ダークエルフの長老直《ちょく》属《ぞく》の密《みっ》偵《てい》が、姿《すがた》を変え、ファンドリアの主要な組織のなかに潜《もぐ》り込んでいる。

そんな噂だ。

(このエルフが、その密偵なの?　でも、どうして?　どうしてダークエルフがわたしたちの邪《じゃ》魔《ま》をするの?)

暗殺者同《どう》盟《めい》とダークエルフの組織は、親《しん》密《みつ》な関係にある。多くのダークエルフが、暗殺者として所属しているからだ。

(ああ。そうか)

と、ロゼッタは唐突《とうとつ》に理解《りかい》した気がした。

ダークエルフたちは、さまざまな組織のなかに密偵を潜り込ませている。このエルフ……おそらくは、魔法《まほう》の品物かなにかで黒い肌を白く染《そ》めたダークエルフの女を貿易商《ぼうえきしょう》ギルドに潜り込ませているように。

しかし、それは姿《すがた》を変えて、というだけではないのだ。暗殺者として暗殺者同盟に所属しているダークエルフもまた、密偵の役割《やくわり》を果たしていたに違《ちが》いない。

ダークエルフの長老は、暗殺者同盟と片手《かたて》で握手《あくしゅ》しながら、もう一方の手に短剣を忍《しの》ばせていた。暗殺者同盟の関《かか》わる仕事が自分たちの利益《りえき》を侵《おか》すとき、素早《すばや》くそれを阻止《そし》するために。そして、いまがそのときなのだ。

(フェシー。ダメよ、復讐なんて、考えないで)

ロゼッタは、心から愛する黒髪の少女の顔を脳裏《のうり》に描《えが》いた。

長老直属の密偵は、ダークエルフのなかでも選《え》り抜きの精鋭《せいえい》だという。

(わたしたちでは勝てない。きっと、ふたりいっしょでも殺される……だから、復讐なんて考えないで……お願い。死なないで……死なないで、フェシー……………………)

そして、ロゼッタの命の灯《ともしび》は消えた。

月明かりが、灰色《はいいろ》の髪の少女の死体を照らしていた。

黒い肌を露《あらわ》にしたベラは、そっと死体の傍《かたわ》らにしゃがんだ。握《にぎ》り締《し》められた手をほどき、少女が倒《たお》れぎわにもぎ取った琥《こ》珀《はく》色《いろ》の宝石を拾い上げた。

それは耳飾《みみかざ》りだった。

ベラは、取り返した耳飾りをつけ直す。月明かりが見せる幻想《げんそう》のように、黒い肌が白く変わっていった。〝変身の耳飾り〟と呼《よ》ばれる魔法の品物の力によるものだ。

「敵《てき》に正体をさらすなんて、あなたらしくない失敗じゃないの？　ベラ」

不意に、背後《はいご》から女の声がした。

ベラは驚《おどろ》くこともなく、静かな動作で振《ふ》り返った。

「しかし、彼女は秘《ひ》密《みつ》を地《じ》獄《ごく》まで持っていきました」

「なるほど。地獄送りにした本人が言うんだから確《たし》かだわ」

いつの間にか、ベラのすぐ傍らにひとりのダークエルフが立っていた。白銀の糸を流したような美しい銀髪が印象的な女だ。炎《ほのお》を映《うつ》したような真っ赤な双眸《そうぼう》が笑っている。

アマデオがここにいれば、あの荒地《こうや》で自分を追い詰《つ》めたダークエルフだと気づいたかもしれない。

かつて尋常《じんじょう》ならざる殺意を交わしたふたりが、あのときと変わらぬ光を投げかける月の下に向かい合っていた。

「それで、なにか用でも?」

と問いながら、ベラは細剣を一振りして血糊《ちのり》を飛ばして鞘《さや》に収《おさ》めた。

「別に」と、ジータは軽く頭《かぶり》を振った。「ただ、あなたの手際《てぎわ》を見物しに来ただけ。長老直属《ちょくぞく》の密偵《みってい》として、その能力《のうりょく》をもっとも愛されているあなたが、アタシの情報《じょうほう》で、どれほど巧《たく》みな罠《わな》を仕掛《しか》けたか。その結果が気になるのは当たり前でしょ?」

「あなたには感謝《かんしゃ》しています、ジータ。フェルゴ様の暗殺計画についての情報は、暗殺者同盟に人脈《じんみゃく》のあるあなたでなければ手に入れられなかったでしょう。上には、首尾《しゅび》よく終わったと報告しておいてください」

「あら。人間の社会で暮《く》らすのも考えものだわ。まさか、あなたがお世辞を言うだなんて」

「会館には、ファンドリアはもとより近隣《きんりん》の国々からも貴《き》族《ぞく》や豪商《ごうしょう》や名士の方々が来ますから」

ベラの言葉に、ジータは声を上げて笑った。

「そんな冗談《じょうだん》を口にするようになったなんて、大した堕落《だらく》ね」

「進歩と言ってもらえませんか？」

「まったく。長老直属の密偵となる試練のためとはいえ、幼《おさな》い頃《ころ》からいっしょに訓練を重ねてきた仲間を眉《まゆ》ひとつ動かさずに皆殺《みなごろ》した冷血無比の暗殺者と同一人物だとは、とても思えないわ」

ジータは目を細めた。声に不穏《ふおん》なものが含《ふく》まれていた。

「……あれは、対等な勝負でした。彼らは志願《しがん》し、覚悟《かくご》を決めて戦いを挑《いど》んできたのです。もし、その能力がわたしを上回っていたら、いまここにいるのはわたしではなかったでしょう」

「つまり、アタシも志願していたら、あなたに殺されていたというわけ？」

「そうですね」

ベラにあっさりとうなずかれて、ジータは息を止め、瞠目《どうもく》した。一瞬《いっしゅん》、それだけで心の弱い者なら殺してしまえそうなほどの猛烈《もうれつ》な殺気がベラを襲《おそ》った。

「言うじゃない、ベラ。そこまで自信があるなら、いまここで試してみてもいいわよ？」

「私闘《しとう》は掟《おきて》によって禁《きん》じられています」

「関係ないわ。戦った理由なんて、後でどうとでもなるってことくらい知ってるでしょ？アタシを殺した後で、アタシは裏切《うらぎ》り者だったと言えばいいわ。上も、あなたの言うことならそれ以上は追及《ついきゅう》しないはずだし」

「わたしが殺された場合は、わたしが裏切り者だったことになるわけですね？」

「そういうことね」

ふたりは、互《たが》いに相手の出方をうかがうように見つめ合った。

「…………あなたがその子を殺すのに、どうして毒を使ったのか不思議に思ってたのよ。魔《ま》法《ほう》を使ったほうがずっと簡単《かんたん》だったのに」

「それで、答えはわかったのですか？」

「ええ」と、ジータはうなずいた。「あなた、アタシとの戦いに備《そな》えたんじゃない？　精《せい》神力《しんりょく》を温存《おんぞん》して、もしものときに魔法を使えるように」

「想像力が豊《ゆた》かですね、ジータ」

「違《ちが》うっていうの？」

「あなたのご想像にお任《まか》せします」

「ふふふ。ベラ。あなたって、いつでも肝心《かんじん》なことははぐらかすのね」

ジータは頬《ほお》を緩《ゆる》めた。殺気が引き潮《しお》のように引いていく。

「正直者では、密偵は務《つと》まりませんから」

「なるほどね」

ため息をつくように言って、ジータはくるりと背《せ》を向けた。

「帰るわ。また会いましょう、ベラ」

ジータは歩きかけて、なにかを思い出したようにふと足を止めた。肩越《かたご》しに顔だけをベラのほうに向ける。

「そうそう。あの坊《ぼう》やを助けてあげたわ」

「あの坊や、ですか？」

ベラはいぶかしげに問い返す。

「ほら、あなたのお気に入りの坊やよ。七年くらい前、アタシが上からの命令でならず者たちを集め、山賊《さんぞく》まがいのことをしていたとき、冒険者《ぼうけんしゃ》をしていたあなたが領主《りょうしゅ》から頼《たの》まれて退治《たいじ》に来たでしょ？　あのとき、村からアタシたちの目を盗《ぬす》んで逃《に》げ出したはしっこい子供《こども》。確《たし》か、アマデオって言ったわね？　いまはあなたの部下になっているんでしょ？　いたくご執心《しゅうしん》だと聞いているわ」

「どこからそんな情報《じょうほう》を聞き込《こ》んだかは知りませんが、別にお気に入りでもなんでもありません。ただの部下です」

「あら、そうだったの。じゃあ、助けるんじゃなかったわ。相手の暗殺者にサックリやられるところだったのを、〝蔦絡《バインディング》み〟で助けてあげたんだけど」

「ということは、生きているわけですね？」

「ええ、もちろんよ」

　と、ジータはうなずいた。

「そうですか。で、暗殺者のほうは？」

「さあ？　川に落ちて流されたから、たぶん死んだんじゃない？　かなりの深手を負ってたみたいだし」

「わかりました。部下を助けてくれたことにはお礼を言います、ジータ」

　肩をすくめたジータに、ベラはそう言って静かに一礼した。

　それを見て、ジータは目を丸くする。どうやら、本気で驚《おどろ》いているらしかった。

「ふふ。あなたからそんな言葉をもらえるだなんて、生きていた価値《かち》があったわ。あの荒《あれ》地《ち》では、もうすこしで殺されるところだったものね」

「あれは任務上《にんむじょう》、仕方のなかったことです」

「わかってるわよ。エルフの姿《すがた》をしているあなたが、ダークエルフのアタシと仲良くするわけにはいかなかった。そういうことでしょ？　別に恨《うら》み事を言ったんじゃないわ。ちょっとした嫌味《いやみ》よ」

　恨み事ではないと言いながら、その口調にはいささか刺《とげ》が感じられた。

ベラが黙《だま》っていると、ジータはふたたび肩をすくめた。

「また反応《はんのう》なし、か。まったく、あなたってからかい甲斐《がい》がないわ。それじゃあ、またね」

ジータの姿は、すぐに暗がりのなかに消えた。

それを見送ってから、ベラはおもむろに少女の死体を見下ろした。生気の失せた瞳《ひとみ》が、それでも生きていたときの意志《いし》をかたくなに守っているかのように自分を睨《にら》みつけているのを見た。

静かに、ベラは片膝《かたひざ》をつくと少女の顔を手で覆《おお》った。そっと、そのまぶたを下ろす。

「いつか、会いましょう」

と、ベラはささやきかけた。

青ざめた月明かりが、少女の死に顔を白く照らしていた。


フェシーは、川岸に流れついていた。

砂利《じゃり》の上に、下半身を川につけるようにして倒《たお》れている。

雨は降《ふ》っておらず、朦朧《もうろう》とした意識《いしき》のなかで、月が輝《かがや》いているのがぼんやりと見えた。

フェシーは起き上がろうとしたが、手にも足にもまったく力が入らなかった。長い間、川のなかにいたせいで身体《からだ》が冷えきっているのか、切り裂《さ》かれた部分に痛《いた》みは感じない。

いや、手足があることすらもわからない。寒さも臭《にお》いも感じない。

(そうか。もうすぐ死ぬんだわ)

と、フェシーは思った。

ロゼッタの泣き顔が思い浮《う》かぶ。

(ごめんね、ロゼッタ。ひとりにして……ごめん)

フェシーは、胸《むね》の奥《おく》から命の最後のひと欠片《かけら》を吐《は》き出すように長い息を吐《つ》いた。

静かにまぶたを閉《と》じる。

闇《やみ》に閉ざされていく意識のなかで、フェシーはだれかが歩み寄《よ》る音を聞いた気がした。

(だれ?)

一瞬《いっしゅん》だけ考えてみたが、すぐにどうでもよくなった。

もはや、自分には関係のないことだ。

(どうせ死ぬんだし……………)

そして、フェシーの意識は途切《とぎ》れた。

第2章 淑女たちの夜会

～そのとき、はじまりの矢が放たれる。

「あなたの命はいくつあっても足りないわね」

十日あまり後、〈ロス・ペラス沈黙《ちんもく》の紳士《しんし》〉会館では夜会《やかい》が行われていた。

会館本館の大ホールには、会館専属《せんぞく》の楽団《がくだん》が演奏《えんそう》する耳に心地《ここち》よい穏《おだ》やかな調べが、まるで月影《つきかげ》のささやきのように静かに響《ひび》いていた。それを聞きながら、着飾《きかざ》ったたくさんの紳士淑女《しゅくじょ》たちが談笑《だんしょう》に耽《ふけ》っている。いずれも、フェルゴによって招待《しょうたい》された名のある貴族《きぞく》や名士、豪商《ごうしょう》たち、あるいはその家族たちだ。

ベラは保安主任《ほあんしゅにん》として、会場の警備《けいび》の指揮《しき》にあたりながら、主だった招待客たちに挨拶《あいさつ》をして回っていた。

「こんばんは、ベラ」

ホールの片隅《かたすみ》を歩いていたベラを呼《よ》び止めたのは、赤銅色《しゃくどういろ》の瞳《ひとみ》を持つ美しい貴婦人《きふじん》だった。瞳と同じ色の長い髪《かみ》を結い上げ、頭の後ろで赤い宝石《ほうせき》を飾った髪留めで留めている。豊《ゆた》かな胸《むね》と腰《こし》のくびれを包むぴったりとした深紅《しんく》のドレスの袖《そで》やスカートからのぞく四肢《しし》は、しなやかで白く長い。

貴婦人は、紫色《むらさきいろ》の扇《おうぎ》で口元を覆《おお》い、その目を細めていた。

「ようこそおいでくださいました」

ベラは丁重に一礼し、

「ラミア様」

と、ささやくような声で言った。

ラミアというのは、そもそも人の生気を吸《す》って生きる恐《おそ》ろしい魔獣《まじゅう》の名だ。しかし、目の前にいるのはその魔獣と同じ名を持ち、ファンドリアの裏社会《うらしゃかい》に〝百顔の〟異名《いみょう》によって知られる盗賊《とうぞく》ギルドの女幹部《かんぶ》だった。

彼女の本当の姿《すがた》を知る者はすくなく、ベラが会うときはいつも漆黒《しっこく》の髪に茶褐色《ちゃかっしょく》の瞳の妖艶《ようえん》な美女の姿をしている。いまの姿は、おそらく、その呼《よ》び名の所以《ゆえん》ともなった百の顔のうちのひとつだろう。

「ふふふ。いまはエナンチェ男爵《だんしゃく》夫人よ、ベラ」

そう言って、ラミアは真っ赤な唇《くちびる》を薄《うす》くして笑った。

表面上、貿易商《ぼうえきしょう》ギルドと盗賊ギルドは平穏《へいおん》を保《たも》っているが、水面下では深刻《しんこく》な対立状態《じょうたい》にある。ふたつの組織《そしき》がどのようなメンバーで構成《こうせい》され、どのようなことを生業《なりわい》にしているかを考えれば、その関係が険悪《けんあく》になるのも無理のないことだった。

そのため、ラミアはエナンチェ男爵夫人という衣《ころも》をまとわなければ、この会館のなかに入ることはできない。本来なら、保安主任であるベラは、ラミアを会館から追い払《はら》う役割《やくわり》を担《にな》わなくてはならないところだ。が、ベラは裏社会に大きな影響力《えいきょうりょく》を持つラミアとのつながりを断《た》ち切ることを避《さ》けた。故《ゆえ》に、いまでも、ベラとラミアは緊密《きんみつ》な関係にあった。

「はっ。これは失礼致《いた》しました、男爵夫人」

ベラはもう一度深々と頭《こうべ》を垂《た》れた。

そのとき、いままで控《ひか》え目に聞こえていた音楽が変わった。優雅《ゆうが》で軽やかな円舞曲《えんぶきょく》の旋《せん》律《りつ》に、招待客たちの間に歓声《かんせい》が起こる。

舞踏会《ぶとうかい》がはじまったのだ。


大ホールに面する中庭で、少女は月を仰《あお》いでいた。

青く、冷たい印象すらする光を一身に浴びながら、少女は小さく両手を広げていた。純白のドレスが風になびき、銀糸《ぎんし》の刺繍《ししゅう》が月光を反射《はんしゃ》する清水の流れのようにきらめいていた。緩《ゆる》やかに波打つ蜂蜜色《はちみついろ》の髪がゆらゆらと揺《ゆ》らめく。無数にちりばめられた宝石が、水面の上に輝《かがや》く星屑《ほしくず》のように瞬《また》いていた。

「あっ。円舞曲……」

と、少女はか細く消え入りそうな声でつぶやいた。

樹木《じゅもく》のざわめきのなかに、舞踏会の楽しげな音が聞こえている。

「舞踏会がはじまりましたのね」

すこし残念そうにつぶやきながら、少女は慌《あわ》てて駆《か》け出したりはしなかった。

少女は、傍《かたわ》らにある噴水《ふんすい》の泉《いずみ》にそっと手をひたした。その冷たさに思わず身を固くする。

水面には、月影《つきかげ》と乙女《おとめ》の姿が映《うつ》っていた。

中庭の中央にある噴水は、ロス・ペラスが招聘《しょうへい》したラムリアースの彫刻家《ちょうこくか》による作品だ。噴水の上には、大理石でつくられた一角獣《ユニコーン》に寄《よ》り添《そ》うエルフの乙女の像《ぞう》が飾《かざ》られている。

「また、ここでお会いできるかしら？」

少女はほのかに頬《ほお》を染《そ》めた。

泉に映る乙女の影が、その人の姿に見えた。

「もし、お会いできたら……」

円舞曲の調べに耳を傾《かたむ》ける。

と、ふいに背後《はいご》にだれかが立つ気配がした。

もしや、とすこしだけ期待をしたが、すぐにそれは否定《ひてい》された。

「おやおや。こんなところに、かわいい妖精《ようせい》がいるじゃないか」

と、聞き覚えのない男の声がしたのだ。

少女が振《ふ》り返ると、そこには色鮮《いろあざ》やかな異国風《いこくふう》の夜会服を着た若《わか》い男が立っていた。その顔は赤く、一目で相当量の酒が入っていることがわかった。

「あ、あの……」

戸惑《とまど》ったというよりは、むしろ怯《おび》えたように、少女はなにか言おうとした。が、それよりも早く、男が少女の腕《うで》を摑《つか》んだ。

「きゃあっ！　なにをなさるのです」

少女はとっさに男の手を振《ふ》り払《はら》おうとした。しかし、少女の力はあまりに弱く、目的を遂《と》げることはできなかった。

「怖《こわ》がることはない」と、男はにやにやと笑いながら言った。「この音楽を聞き給《たま》え。舞踏会がはじまってしまったようだよ。それだというのに、君のように美しい人がこんなところでひとり寂《さび》しく月など眺《なが》めているとは、まったくもったいない話だとは思わないかね？」

つまりは、自分といっしょに踊《おど》ろうと誘《さそ》っているわけだ。

少女は男の意図を察《さっ》して、丁重に頭を下げた。

「お気遣《きづか》いは感謝《かんしゃ》いたします。でも、わたくしは別に寂しくはありませんし、ここにいるのもわたくしがそうしたいと思っているからです。ですので、どうかわたくしのことはお気になさらず、もっと相応《ふさわ》しい方をお誘いください」

「なに？　この私の誘いを断《ことわ》るというのか？」

男の顔つきが変わった。どうやら断られるとは微塵《みじん》も思っていなかったらしく、怒《いか》りをはらんだ視線《しせん》で、少女を見下ろすように睨《にら》んでいる。

「……申し訳《わけ》ありません。言い方を間違《まちが》えてしまったようです。わたくしは、人が多くて賑《にぎ》やかなところは苦手なのです。いまも夜会の熱気にあてられて気分が悪くなりましたもので、ここでこうして風にあたっておりました。まだ、気分も戻《もど》りませんので、もうしばらくこのまま風にあたっていたいのです」

少女の詫《わ》びる言葉を聞いて、男はすこし顔つきを和《やわ》らげた。

「そうか。それは気の毒だな」と、うなずく。「だが、高貴《こうき》な生まれ故《ゆえ》に定めとして、これからもこうした舞踏会《ぶとうかい》に呼《よ》ばれることはすくなくなかろう。いまのうちに慣《な》れておいたほうがいい。私がじきじきに相手を務《つと》めるからには、気分の悪さなど瞬《また》く間に忘《わす》れさせてくれよう。さあ、こちらへ来るのだ」

男は強引《ごういん》に少女の腕をたぐり寄《よ》せようとした。

少女は思わず身を硬くして、いやいやを言うように首を振った。

「いいえ。わたくしは、舞踏会に参加するつもりはありません。どうか、お離《はな》しください！」

「そう嫌《いや》がるものではない。この私が踊りに誘っているのだ。喜んで承諾《しょうだく》してしかるべきであろう。なにを断る理由があるというのだ！」

苛立《いらだ》たしげに男はがなった。あたかも、世界のすべてが自分の望みのままに動くことが当然で、それに逆《さか》らうのは万物の真理に逆らうことだとでも言いたげな口調だった。

「さあ、来るのだ！」

と、乱暴《らんぼう》に少女の腕を引っ張《ぱ》った。酒のために力の加減《かげん》を失っているらしく、少女は痛《いた》みのために顔をしかめた。恐怖《きょうふ》のためか、それとも月明かりのためか、その顔はひどく青ざめていた。

「お願いです！　やめてください！」

懇願《こんがん》するような少女の声を、男は黙殺《もくさつ》した。少女を、力任《ちからまか》せに舞踏会が行われている大ホールのほうへと引きずっていこうとする。

少女の青い瞳《ひとみ》に涙《なみだ》が浮《う》かんだ。その雫《しずく》が、いままさにこぼれ落ちようとしたそのとき。

「おい。やめろ！」

少年とも思える若い男の声がした。

だれかが駆け寄ってくる気配がしたかと思うと、少女の腕を摑んでいた男の手が引きはがされた。

「なんだ、貴様《きさま》は？」

男の声は裏返《うらがえ》り、驚《おどろ》き慌《あわ》てた様子がうかがえる。

少女は恐《おそ》る恐る顔を上げ、自分が大きな背中《せなか》にかばわれていることを知った。

「ここの警備《けいび》をしている者だ」

と、まだあどけなさの残る青年が目の前の男を睨《にら》み付けた。その言葉を証明《しょうめい》するように、青年のよく鍛《きた》えられた身体《からだ》を会館の警備兵の制服《せいふく》が包んでいた。

「警備兵か」

と、男は吐《は》き捨《す》てるように言った。あからさまに見下したような視線《しせん》を向ける。

「退《ど》け、警備兵。貴様がいましでかしたことは、おそらくはなにかの勘違《かんちが》いであろう。で、あれば、いますぐ詫《わ》びてそこを退けば、許《ゆる》してやろう。さあ、貴《たっと》うき者たる私の寛大《かんだい》さに感謝《かんしゃ》し、地べたに這《は》いつくばって許しを請《こ》うがいい」

「断る。こんな女の子に乱暴を働くようなやつに、下げる頭はない」

「乱暴だと？　この私が、その少女に乱暴したと言うのか？」

「そうだ」

青年が昂然《こうぜん》とうなずくと、

「なんということか！」

いきなり、男は両手で顔を覆《おお》い、さも嘆《なげ》かわしげに叫《さけ》んだ。

「この私が、こんなか弱くはかない妖精《ようせい》のごとき少女に乱暴をしたと思われるとは！　警備兵よ、聞け。私は、ただこの少女を舞踏会にお誘《さそ》いしていたまで。速《すみ》やかに己《おの》があやまちを認《みと》め、謝罪《しゃざい》するがいい」

「…………あんたのお誘いっていうのは、無理やり引っ張っていくことなのか？」

冷ややかな青年の言葉が終わらないうちに、その頰《ほお》がしたたかに張り飛ばされていた。

切り裂《さ》くような痛みと衝撃《しょうげき》に、青年はよろめく。地面に、ポタポタと血が滴《したた》ったのを、少女は見た。

「血が！」

少女は青ざめ、悲鳴のような声を上げた。

見ると、青年の右の頰に幾筋《いくすじ》もの浅い切り傷《きず》ができている。

「思い上がるな！　たかが警備兵風情《ふぜい》が！」

烈火《れっか》のような怒《いか》りをその双眸《そうぼう》に宿して、男が怒鳴《どな》った。

男の右手の指輪から、赤い液体《えきたい》が指先へと流れていた。男は、右手の甲《こう》で青年の頰を叩《たた》き、その指輪の宝石を固定するための爪《つめ》が肉を裂いたのだ。

「館主殿《どの》の顔を立てたればこそ、詫びれば許してやると言ってやったものを。その物言いといい、無礼が過《す》ぎたようだな。これほどの屈辱《くつじょく》は、温厚《おんこう》な私とてもはや看過《かんか》することできぬ！」

そうまくし立てると、青年が言葉を返すよりも早く、男は自らの腰《こし》に差した剣《けん》を抜《ぬ》き放った。儀礼用《ぎれいよう》の細身の剣で、その刃《やいば》にも柄《つか》にも、およそ戦いには不必要な華美《かび》な装飾《そうしょく》が施《ほどこ》されている。とはいっても、決してその切れ味が鈍《にぶ》いわけではない。

男は、青年の眼前《がんぜん》にその切っ先を突《つ》きつけた。

「決闘《けっとう》だ！」

と、おもむろに男は宣言《せんげん》した。

大ホールでは、華《はな》やいだ雰囲気《ふんいき》のなか、招待客《しょうたいきゃく》たちが舞踏会《ぶとうかい》に興《きょう》じていた。

その賑《にぎ》わいを尻目《しりめ》に、ベラとエナンチェ男爵《だんしゃく》夫人という名の貴婦人《きふじん》に扮《ふん》したラミアは、中庭に臨《のぞ》む窓辺《まどべ》に立って言葉を交わしていた。

ラミアは口元を紫色《むらさきいろ》の扇《おうぎ》で覆《おお》い、目を細めて笑っていた。

「ベラ。あなたに頼《たの》まれたこと、調べてあげたわよ」

「感謝致《かんしゃいた》します、男爵夫人」

ベラは頭を下げ、感謝の意を表した。

「頭を下げさせて悪いんだけど、それほど感謝されるほどのこともないの。実際《じっさい》、なんの情報《じょうほう》もないんだから」

　と、ラミアは苦笑して肩《かた》をすくめた。

「わかったのは、川からはあなたが言ったような死体は上がっていないということだけ。たぶん、川に落ちたという暗殺者は生きているわね。でも、それらしい怪我人《けがにん》を見たとか、拾ったとかいう話も聞き込《こ》めなかったわ。ごめんなさいね、お役に立てなくて」

「いえ。死体が見つからなかったことがわかれば十分です。だれが拾ったかは、見当がついていますから」

「あら、そうなの。もしかして、暗殺者同盟《どうめい》かしら？」

　すこし驚《おどろ》いたような顔をして、ラミアはベラの顔をのぞき込んだ。

「そうですね。その可能性《かのうせい》もあります」

「あなたには、別のアテがありそうね。ベラ？」

「ご想像《そうぞう》にお任せします」

「ふふふ。まあ、いいわ」

　ラミアはそう言うと、かすかに声を低くした。

「それよりも、すこしばかり面倒《めんどう》な話を聞いてもらえるかしら？」

　その声色《こわいろ》に不穏《ふおん》な気配が含《ふく》まれるのを、ベラは感じ取った。

「……なんでしょうか？」

「昨日の夜、うちの集金人のひとりが殺されて、アガリを奪《うば》われるという事件《じけん》があったわ。犯人《はんにん》を見たという者の証言《しょうげん》では、犯人は腰《こし》に黄金の車輪の飾《かざ》りをつけた女だったそうなんだけど、心当たりはない？」

獲物《えもの》を狙《ねら》う蛇《へび》のような視線《しせん》を感じて、ベラは息苦しさを覚えた。

〈黄金の車輪〉。かつて、ベラはその名で呼《よ》ばれた冒険者《ぼうけんしゃ》パーティの一員だった。呼び名の由来となったのは、中心にガメル金貨を嵌《は》め込んだ鉄製《てっせい》の車輪を象《かたど》った飾りだ。冒険者パーティを結成して、最初の依頼《いらい》で報酬《ほうしゅう》として受け取ったガメル金貨を使ってつくったもので、以後はそれをトレードマークとして身につけていた。引退《いんたい》したいまでも、ベラは愛用の細剣の柄に巻《ま》き付けた飾り紐《ひも》の先端《せんたん》にそれをつけている。

「わたしを殺したいと思っている者は、サンク・ベラスタの囚人《しゅうじん》の数よりもいるでしょう」

マナール湖に浮《う》かぶ小島につくられた流刑地《るけいち》リンク・ベラスタ。そこに収容《しゅうよう》されている囚人のほとんどは、政争《せいそう》に敗《やぶ》れた貴族《きぞく》や名士などの政治犯だ。ファンドリア建国以来、裏《うら》舞台《ぶたい》で繰《く》り広げられてきた数々の陰謀《いんぼう》や暗闘《あんとう》。その犠牲者《ぎせいしゃ》、あるいは首謀者《しゅぼうしゃ》だった者、単に利用され、巻き込まれただけの者まで――その数は千とも二千とも言われているが、すでに正確《せいかく》なところはわからなくなっていた。

「なるほど。もしその話が本当なら、あなたの命はいくらあっても足りないわね。それとも、暗黒神《ファラリス》の加護《かご》があるから大丈夫《だいじょうぶ》なのかしら？」

「わたしの命を狙う者の多くは、同じ神を信仰《しんこう》していると」

「それもそうね」

ベラの返答を聞いて、ラミアはカラカラと笑った。

「安心していいわよ、ベラ。あなたが集金人を殺しただなんて思っていないから。もしあなたが犯人なら、目撃者《もくげきしゃ》も今頃《いまごろ》は冷たい土の下のはずでしょう？」

「目撃者がいたならば、そうなるでしょう」

「ふふふ。そうね。あなたなら、殺す現場《げんば》を目撃されるようなヘマはしないわね。でも、あなたのことをよく知らない連中は、そうは思わないのよ。昔のあなたのお仲間は、もう全員死んでしまっていて、あの飾りを身につけている人物は〈黄金の車輪〉の最後の一人と呼ばれるあなたひとりだけ、ということになっているんですもの」

「…………」

ベラはなにも言わなかった。

大柄《おおがら》な戦士の温厚《おんこう》な笑顔が、一瞬《いっしゅん》、脳裏《のうり》をよぎった。軽薄《けいはく》な笑みを浮《う》かべた盗賊《とうぞく》、ドワーフによく間違《まちが》われる人間の知識神司祭《ラーダ》、そしてエルフと人間の混血種《こんけつしゅ》であるハーフエルフの女魔術師《まじゅつし》。かつて、ベラは自分がダークエルフだという秘密《ひみつ》を守るため、冒険をともにしてきた仲間たちをその手にかけた。血にまみれた彼らが、憎しみを帯《お》びた笑みを浮かべて、深い暗がりの底から手招《てまね》きしているような気がした。

「連中があなたの秘密を知ったら、きっと青い顔をして二度とあなたの目の届《とど》くところに姿《すがた》を見せようなんて思わなくなるでしょうけど」

ベラの内側に淀《よど》む暗闇《くらやみ》を見透《みす》かしたように、ラミアは意地の悪そうな笑みを見せた。

この盗賊ギルドの女幹部《かんぶ》は、ベラの正体を知り、かつ生きている数少ない人物のひとりだった。

「しかし、その連中は、わたしを犯人だとしてラミア様に報復《ほうふく》を迫《せま》っているのですね？」

「そういうことになるわね」

ラミアは肩《かた》をすくめてうなずく。

「では。今夜、ラミア様はわたしを殺しにいらっしゃったのですか？」

「そうよ、と言ってもいいんだけど。それじゃあ、おもしろくないわ。あたしは、だれかの手のひらの上で踊《おど》らされるのが大嫌《だいきら》いなの」

「承知《しょうち》しております」

ベラは、小さく首肯《しゅこう》した。

ラミアは、まるで他人事のような口調で続ける。

「あたしがあなたと衝突《しょうとつ》すれば、あなたの上役であるフェルゴがかならず絡《から》んでくる。そうなれば、あたしは貿易商《ぼうえきしょう》ギルドを敵《てき》に回すことになりかねないわ。ただでさえ、うちと貿易商ギルドは仲がよくないんだから、本格的《ほんかくてき》な抗争《こうそう》に発展《はってん》する可能性《かのうせい》も十分にある。この陰謀《いんぼう》を企《たくら》んだのがだれかは知らないけど、間違いなくそれが目的ね。どう、ベラ？　あなたの意見は？」

「その推測《すいそく》を否定《ひてい》する根拠《こんきょ》はありません」

「あなたの賛同《さんどう》が得られてうれしいわ」

と、ラミアはにこりと微笑《ほほえ》んだ。が、ふいに怒《いか》りと憎《にく》しみがその瞳《ひとみ》に宿った。

「この〝百顔の〟ラミアを罠《わな》にはめて、フェルゴと共食いをさせようだなんて身の程《ほど》知らずには、この世には足を踏《ふ》み入れてはならない茨《いばら》の森があることを思い知らせてあげなければならないわ。生まれたことを後悔《こうかい》するほど、じっくりと骨の髄《ずい》までね」

ラミアは血の色をした舌《した》で唇《くちびる》を舐《な》めた。飢《う》えた魔獣《まじゅう》を思わせるその残酷《ざんこく》で禍々《まがまが》しい、それでいて美しささえも感じさせる表情《ひょうじょう》に、ベラはぞくぞくするような戦慄《せんりつ》を覚えていた。

「お手柔《てやわ》らかにお願いします」

と、ベラは深呼吸《しんこきゅう》をするように言った。

「あたしの気が済《す》んだら、あなたにも回してあげるわ。偽者《にせもの》なんかを仕立て上げられて、一番腹立《はらだ》たしく思っているのはあなたでしょうから」

「ラミア様の気がお済みになるまでということは、つまり、わたしには永遠に回ってこないということですね？」

「ふふふ。わかっているじゃない」

ラミアが楽しげに頬《ほお》を緩《ゆる》めたとき、中庭を眺《なが》めていた人々の間でざわめきが起こった。

「決闘《けっとう》だ！」

と、だれかが叫《さけ》ぶのが聞こえた。


「さあ、剣《けん》を抜《ぬ》き給《たま》え！　貴様《きさま》は、私と決闘をするのだからな！」

目前に突《つ》きつけられた剣が、さらにぐいっと近づいてきた。

アマデオは、慌《あわ》てて後ろに身を反らす。

「なんで、いきなり決闘なんだ？」

頬にずきずきとした痛《いた》みを感じながら、アマデオは男に問いかけた。

「貴様は、私がその少女に乱暴《らんぼう》をしたと公言した。これは、私の名誉《めいよ》を著《いちじる》しく傷《きず》つけ、おとしめる行為《こうい》だ！　この侮辱《ぶじょく》を、私は断《だん》じて甘受《かんじゅ》することはできぬ！　よって、私は貴様に決闘を挑《いど》み、完膚《かんぷ》無《な》きまでにねじ伏《ふ》せ、我《わ》が前にそのみすぼらしい姿《すがた》を跪《ひざまず》かせることによって名誉を取り戻《もど》さんと欲《ほっ》するものである！」

　男は歌うように叫ぶ。酒が入っていることもあり、かなり興奮《こうふん》した様子だ。その表情は恍惚《こうこつ》とし、自らの言葉に酔《よ》いしれているようだった。

「なんで、オレがあんたなんかと決闘しなきゃならないんだ！」

　アマデオは、背中《せなか》のほうで震《ふる》えている少女を庇《かば》いながら、じりっと後ずさりした。

「言ったであろう。我が名誉を取り戻すためだ！　剣を抜かぬというなら、それでもよい。だが、容赦《ようしゃ》はせぬぞ！」

　酒のせいか、それとも元からそんな性格《せいかく》だったのか。言っていることが、かなりメチャクチャな気がしたが、どうやら男は本気らしいということだけは、アマデオにも察《さっ》しがついた。

　とはいえ、警備兵《けいびへい》が招待客《しょうたいきゃく》と剣を交えることなど許《ゆる》されるはずもない。それくらいのことは、さすがのアマデオにも理解《りかい》できた。

　どうするべきか？

　剣を振《ふ》り上げる男の動作に注意を向けながら、アマデオが思案《しあん》に暮《く》れたとき。

「ま、待ってください」

と、少女がアマデオの後ろから身を乗り出してきた。

「もともと、わたくしが声を上げてしまったのが悪いのです。お詫《わ》び致《いた》しますから、どうか剣を収《おさ》めてください」

祈《いの》るように、潤《うる》んだ瞳《ひとみ》を男に向ける。その小さく華奢《きゃしゃ》な身体《からだ》が、震えているのをアマデオは見た。

「退《ど》け！　もはや、女子供《こども》の出る幕《まく》ではない。退かねば怪我《けが》をするぞ」

男の剣が風を切り、少女の眼前《がんぜん》をかすめた。前髪《まえがみ》が数本、はらはらと散る。

アマデオには、少女が息を呑《の》むのがわかった。

「やめろ！　女の子なんだぞ！」

恐怖《きょうふ》のために硬直《こうちょく》し、血の気の失せた顔をしている少女の前に出て、アマデオは怒《いか》りの声を男にぶつける。

「出しゃばるのが悪いのだ」と、男は鼻で笑った。「貴様がさっさと剣を抜けば、その少女も怖《こわ》い思いをせずに済《す》んだものを。この腰抜《こしぬ》けめ！　そんなに私の剣が怖いのか？　会館の警備兵というのは臆病者揃《おくびょうものぞろ》いか？　貴様らごときを束ねる保安主任《ほあんしゅにん》とやらも、所詮《しょせん》、卑《いや》しい冒険者《ぼうけんしゃ》からの成《な》り上がり者よ。程度《ていど》が知れるというものだな」

あざ笑う男。

「主任を侮辱《ぶじょく》するな！」

アマデオは怒声《どせい》を発し、腰に帯びた剣に手をかけた。

が、その手に、柔《やわ》らかい手が添《そ》えられた。

驚《おどろ》いて振り返ったアマデオに、少女はかすかに首を振って見せる。

「ダメです。わたくしがお詫びをしますから」

少女の声は震え、かすれていた。アマデオの手を押《お》さえている手も、同じように震えている。しかし、いまにも涙《なみだ》があふれ出しそうなその青い瞳《ひとみ》は、決意を秘《ひ》めてアマデオの顔をのぞき込《こ》んでいた。

アマデオは、怒りが引き潮《しお》のように消えていく気がした。

「いいえ。あなたは悪くない」

静かに告げると、少女の手を、その心を表しているような純白《じゅんぱく》のドレスの胸《むね》の前に、丁重に押し戻《もど》した。

アマデオは男に向き直り、剣を抜いた。

「決闘というからには、こちらからも行くぞ」

「望むところ」

と、男は唇《くちびる》を歪《ゆが》める。

男が踏《ふ》み込むと同時に、アマデオも踏み込んだ。剣《けん》が剣を受け、甲高《かんだか》い金属音《きんぞくおん》が冷たい夜の空気のなかに響《ひび》く。

男は剣を打ち合わせたまま、力にまかせて刃《やいば》を押し込んでこようとしていた。アマデオがそれを押し返す。互《たが》いに剣に力を込めながら、ふたりはわずかな距離《きょり》でにらみ合った。

ふいに、男がにやりと笑んだ。

「なるほど。すこしはできるようだ」

「当たり前だ。日頃《ひごろ》から、主任に鍛《きた》えられているからな」

「ふん。随分《ずいぶん》と傾倒《けいとう》しているではないか？　あの保安主任に。なるほど、あの美貌《びぼう》だ。どのような手管《てくだ》を用《もち》いて部下どもを虜《とりこ》にしておるものか」

「黙《だま》れ！　この下衆野郎《げすやろう》」

アマデオは剣を握《にぎ》る手に力を込めた。

剣がじりじりと押し戻されるのにも動じた様子は微塵《みじん》も見せず、男はアマデオにだけ聞こえるささやくような声で言葉を続ける。

「口が過《す》ぎるぞ、たかが警備《けいび》兵風情《へいふぜい》が。いまここで私を傷《きず》つけてみろ。貴様《きさま》が敬愛《けいあい》する保安主任は、かならずや館主殿《どの》より処罰《しょばつ》を受けることになろう。あのエルフ女には、貴様《きさま》ら配下の者どもを律《りっ》し、粗忽《そこつ》なきよう取り計《はか》らう責任《せきにん》があるのだからな」

「な、なに？」

アマデオは動揺《どうよう》した。男の言っていることが正しいと、理解《りかい》できたからだ。

思わず、力が緩《ゆる》む。

その隙《すき》をついて、男は一気にアマデオの剣を押し返した。

「しまった」

勢《いきお》いに押されて大きく仰《の》け反り、男に対して無防備《むぼうび》になるアマデオ。

装飾過剰《そうしょくかじょう》な男の剣が、鋭《するど》く獲物《えもの》の心臓《しんぞう》を狙《ねら》う。その残忍《ざんにん》な切っ先が警備兵の制服《せいふく》の胸《むね》に潜《もぐ》り込もうとしたその刹那《せつな》、何者かが、それを阻《はば》んだ。

白く細い手が、刃を摑《つか》んでいる。血が白刃《しらは》を伝い、地面を赤く濡《ぬ》らしていた。

「どうか、ご容赦《ようしゃ》ください」

と、緑色の双眸《そうぼう》が男に向けられた。

「ベラ様」

少女が、驚きとともにその人物の名を口にする。

「これは、私とこの警備兵との決闘《けっとう》だ。手出しは無用」

「会館内での私闘は禁《きん》じられています。剣をお引きください。さもなくば、わたしがお相手することになりましょう」

「うっ……」

ベラのささやきに、男は言葉を詰《つ》まらせた。

「部下の無礼は、わたしからお詫《わ》び申し上げます。どうぞ、寛容《かんよう》なるお心を持ちまして、お許《ゆる》しをいただきたくお願い申し上げます」

ベラはわずかに声を高め、ひどく芝居《しばい》がかった口調と仕草で手のひらを胸にあて、深々と頭を下げた。

いつの間にか、円舞曲《えんぶきょく》は途絶《とだ》え、大ホールの窓《まど》から賓客《ひんきゃく》の紳士淑女《しんししゅくじょ》たちがなにやらひそひそと話し合いながら、自分たちのほうを見ていることに男もアマデオも気づいた。

「………………そ、そうか」

かなりの間をおいて、男は喉《のど》の奥《おく》から声を絞《しぼ》り出すようにそう言うと、何度もうなずいた。

「保《ほ》安主任《あんしゅにん》殿がそこまで言われるのなら致《いた》し方あるまい。私も貴族《きぞく》。高貴《こうき》な身分に生まれた者として、下々の者どもには寛容でなくてはならぬと、常々《つねづね》思っておった。うむ。そうだな。ここは、そなたと、なによりも館主殿の顔を立て、その者の無礼はなかったものとしよう」

「心より感謝《かんしゃ》いたします」

　頭を下げたまま、ベラは謝辞を述《の》べた。

「うむ。では、後は保安主任殿に任《まか》せる」

　男は剣を鞘《さや》に収《おさ》め、ことさらに威風堂々《いふうどうどう》を気取って悠然《ゆうぜん》とその場を後にする。その姿《すがた》が野次馬《やじうま》たちの向こうに見えなくなるのを待って、ベラは頭を上げた。

「ベラ様、お手が……」

　だれよりも早く、少女がその傍《かたわ》らに駆《か》け寄《よ》った。血が滴《したた》る手に触《ふ》れようとしたが、ベラはやんわりとそれを拒《こば》んだ。

「お手が汚《よご》れます、姫君《ひめぎみ》」

「構《かま》いません」

　ふいに、少女はスカートの裾《すそ》を手に取り、思い切って純白《じゅんぱく》の端切《はぎ》れを破《やぶ》り取った。

「さあ、お手をお貸《か》しください。ベラ様」

「しかし、姫君。せっかくのお召《め》し物が……」

　さすがのベラも、予想外の少女の行動に戸惑《とまど》った。

　少女が身につけているそのドレスは、生地《きじ》も仕立ても最高のもので、施《ほどこ》されている銀糸の刺繍《ししゅう》も精緻《せいち》を極めている。それだけで数万ガメルはする逸品《いっぴん》だった。

「もう破ってしまいました」と、少女は屈託《くったく》なく微笑《ほほえ》んだ。「ですから、ドレスを無駄《むだ》にしないためにも、どうぞお手をお貸しください」

「………感謝いたします、エビータ様」

ベラは、目前の少女に向かって、さきほど男に対してそうしたよりも丁重《ていちょう》な礼を行った。名を呼《よ》ばれた少女は、目を丸くした。次《つ》いで、ほのかに頬《ほお》を朱《しゅ》に染《そ》めた。

「わたくしの名前、覚えていてくださったのですね？」

エビータは照れたように頬を緩《ゆる》めながら、ベラが差し出した手を取り、ドレスの端切れを巻《ま》き付けていく。

「もちろんです、ララサベル公爵家《こうしゃくけ》の末の姫君。ユセリアス山脈《さんみゃく》の高峰《こうほう》に咲《さ》き誇《ほこ》る一輪の花のごとき、麗《うるわ》しく可憐《かれん》な姫君の御名《おんな》を忘《わす》れることは決してあり得ません。この度は、わたしどもの目が行き届《とど》かず、ご不快《ふかい》な思いをさせてしまいました。心よりお詫び申し上げます」

「そんな……わたくしのほうこそ、ベラ様にお怪我《けが》までさせてしまい、お詫びのしようもありませんのに。その上、身に余《あま》るお言葉まで。エビータは、うれしく思います」

エビータは耳の先まで赤くなる。端切れを結ぶ手にも思わず力が入った。

「主任、申し訳《わけ》ありません」

神妙《しんみょう》な顔つきで、アマデオは頭を下げた。

「どうして決闘《けっとう》などということになったのか、だいたいの予想はついています。姫君をお助けしようとしたのでしょう？　しかし、警備兵《けいびへい》たる者、いかなることがあってもお客様に対して剣《けん》を抜《ぬ》くことは許《ゆる》されません。それだけは、覚えておきなさい」

「は、はい」

力無く、アマデオは答える。項垂《うなだ》れたその表情《ひょうじょう》から、ベラに迷惑《めいわく》をかけ、あまつさえ怪我までさせてしまったことへの自責《じせき》の念がありありと感じ取れた。

「どうか、この方を責《せ》めないでください。本当に、わたくしが声を上げてしまったのが悪かったのです。公爵家の令嬢《れいじょう》として、殿方《とのがた》と円舞《えんぶ》を踊《おど》るくらいの嗜《たしな》みは心得ているべきでございました」

「姫君。わたしは、姫君をお助けしたことを叱《しか》っているわけでありません。いかに決闘《けっとう》を挑《いど》まれたとはいえ、アマデオが剣まで抜いてしまったことを責めているのです」

「でも………」

顔を曇《くも》らせてうつむくエビータ。

「ほほほほほ。まるで姉に叱られている弟と妹のようね。かわいらしいこと」

扇《おうぎ》で口元を隠《かく》しながら顔をやや上のほうに向け、機嫌《きげん》の良さそうな笑い声を上げて、ラミアがベラの傍《かたわ》らに歩み出た。その瞳《ひとみ》が、興味《きょうみ》深げに彼女が「弟と妹」と表現《ひょうげん》したふたりを見下ろしている。

「妹だなんて……」

エビータが照れて赤くなるのを微笑《ほほえ》ましげに眺《なが》め、ラミアはベラに話しかけた。

「ベラ。おふたりに紹介《しょうかい》してくださらない？」

「はい、男爵夫人。部下のアマデオはすでにご存《ぞん》じと思います」

「ええ」

と、ラミアは鷹揚《おうよう》にうなずいた。冒険者《ぼうけんしゃ》時代から合わせれば、すでにベラとの付き合いが十年近くにもなるラミアは、アマデオとも別の顔で何度か会っている。

「こちらはララサベル公爵家の末の姫君でいらっしゃいます、エビータ様です。エビータ様、エナンチェ男爵夫人様です」

公爵と男爵では、公爵のほうがはるか雲の上の身分ではあったが、エビータはその姫に過《す》ぎず、翻《ひるがえ》ってラミアの称号《しょうごう》は男爵夫人——歴《れっき》とした男爵家の女当主ということになっている。そのため、ベラはまずエビータのほうをラミアに紹介《しょうかい》する形を執《と》った。

「お初にお目にかかります、男爵夫人様。ララサベルのエビータでございます。以後、お見知りおきください」

エビータは、公爵家の令嬢に相応《ふさわ》しく古式《こしき》ゆかしい、優雅《ゆうが》な礼を執った。スカートをすこし上げ、身を沈《しず》めるようにして蜂蜜色《はちみついろ》の頭を垂《た》れる。

「まだお若《わか》いのに殊勝《しゅしょう》なこと。今宵《こよい》のようなことはもう二度とないでしょうけど、もしなにかあったら、会館ではベラを、社交界ではこのエナンチェを頼《たよ》られるとよろしいでしょう」

「男爵夫人は、社交界の事情《じじょう》にとてもお詳《くわ》しいので、きっとエビータ様のお力になってくださいますよ」

ラミアの言葉を、隣《となり》からベラが補《おぎな》った。

「はい。ありがとうございます。男爵夫人様。ベラ様」

エビータは、まさしく花のように笑った。が、その笑顔が美しいほど、引き裂《さ》かれたスカートの無惨《むざん》さが目についた。

「でも、それでは、せっかくの見事なドレスが台無しね」

と、ラミアも残念そうな顔をする。

「いいえ。ベラ様のお傷《きず》のためなら、このようなドレスなど惜《お》しくはありません」

「まあ。ララサベルの姫は、この保安主任《ほあんしゅにん》をとても気に入っていらっしゃるのね」

「はい。ベラ様は、わたくしの憧《あこが》れです。おきれいな上に、とてもお強くて、いつも颯爽《さっそう》としておいでで。わたくし、ベラ様のような女性《じょせい》になりたいと思っています」

「なるほど。こんな可憐《かれん》な姫に、これほどまでに慕《した》われているだなんて、ベラは幸せ者だわ。女同士のこととはいえ、すこし妬《や》けるわね」

「男爵夫人の嫉妬《しっと》を受けるとは、この身の名誉《めいよ》にございます」

ベラは、恐縮《きょうしゅく》した様子で応《こた》えた。

ラミアは目を細めただけでなにも言わず、エビータのほうに話しかける。

「でも、姫。ベラのような女性になるのは、それは難《むずか》しいことよ」

「はい。これからベラ様のことをよく知り、すこしでも近づけるように励《はげ》みます」

「そうね。それがいいわ」

ラミアは笑顔でうなずくと、

「さて。そろそろ、あたしは失礼するわ。これから、まだすこし行くところがあるの。ベラ、送ってくださる?」

「はい。喜んで」

「あっ。でも、ベラ様。まだお手が……」

首肯《しゅこう》したベラに、エビータが心配げに声をかける。

「エビータ様のおかげで、治りも早くなっているようです。もうほとんど痛《いた》みもありません。男爵夫人をお送りしたあとで、治療師《ちりょうし》のところにも寄《よ》りますのでご安心ください」

「……そうですか。わかりました。でも、かならず治療師のところにお寄りくださいね」

「はい。かならず」

ベラは、もう一度、深々と頭を下げた。そして、アマデオのほうを見る。

「アマデオ。先ほどのようなことがないよう、姫君をお守り申し上げなさい。今度は、決してことを荒立《あらだ》てることのないように」

「は、はい！」

アマデオが背《せ》筋《すじ》を伸《の》ばして敬礼《けいれい》するのを確認《かくにん》し、ベラはラミアとともにその場を離《はな》れた。

ベラは、本館常駐《じょうちゅう》の召使《めしつか》いに命じて男爵夫人の馬車を玄関《げんかん》に回すように手配させた。馬車が回ってくるまで、ふたりは玄関横の控《ひか》えの間で待つことになる。

控え室に入るとき、ちょうどあのエビータに乱暴《らんぼう》を働いた男が、よく見知った顔の商人とともに馬車に乗るのが見えた。二頭立ての豪華《ごうか》な馬車で、その衣装《いしょう》や剣《けん》と同じように派《は》手《で》に装飾《そうしょく》されている。自らの存在《そんざい》を声高に誇示《こじ》しているようなその壮麗《そうれい》さは、見る者によっては滑稽《こっけい》な道化師の姿《すがた》に映《うつ》っているだろう。

ベラが扉《とびら》を閉《と》じると、

「ふふふ。かわいい子ね」

ラミアは意味ありげな笑みをこぼした。

「エビータ様は、ララサベル公爵がもっとも愛されている手中の宝玉《ほうぎょく》です。公爵家の紋章《もんしょう》である黄金樹《おうごんじゅ》に咲《さ》く宝花《ほうか》の異名《いみょう》をささやかれるお方です。いずれ国運を左右する女性《じょせい》になられるでしょう」

「乱暴を働いた男は、それを知らなかったようね」

「あの方は、最近、異国《いこく》よりこの国にやってきたばかりで、こちらのことはあまり知らなかったようです。政変《せいへん》によって国を追われ、親交のあったフェルゴ様を頼《たよ》ってこちらに見えられたのですが、あまり良い評判《ひょうばん》はありません」

「典型的《てんけいてき》な余所者《よそもの》の嫌《きら》われ者ね。今夜も、舞踏会《ぶとうかい》だというのに円舞《えんぶ》の相手を片《かた》っ端《ぱし》から断《ことわ》られていたみたいだし」

ラミアの言葉に、つい今し方見かけたその姿が思い出される。いっしょに馬車に乗った商人は、フェルゴに近しい者のひとりで、男がこの国の生活になじめるようにと世話を任《まか》されていたのだ。が、商人の努力は、いまのところ報《むく》われた様子はなかった。

「フェルゴ様も快《こころよ》くは思っていないでしょう。飼《か》っておられるのも、ほかの方々に対して自分の寛容《かんよう》さを示《しめ》すためという以上の意味はないと思います」

「何事にも冷静なあなたにしては、手厳《てきび》しい評価《ひょうか》だわ。でも、あたしがかわいいと言ったのは、あのお嬢《じょう》さんのことじゃないのよ」

「では、アマデオのことですか？」

ベラはラミアの赤銅色《しゃくどういろ》の瞳《ひとみ》を見返して、いぶかしげに問うた。

「ええ。あの子、ちょっと気に入ったわ。いじめてみたい感じ」

と、ラミアは残虐《ざんぎゃく》さを帯びた蠱惑的《こわくてき》な笑みを見せる。

「…………」

「ふふふ。ベラ。もしかして、あなた、いま、すこし困《こま》らなかった？」

ベラが押《お》し黙《だま》ると、ラミアが話の矛先《ほこさき》を変えて身を乗り出してきた。

「はい。アマデオと引き替《か》えに、ラミア様から何をいただけるのかと考えていました」

「あら、そう。残念だわ」

ラミアはため息を吐《つ》いて肩《かた》をすくめた。

「なにがですか？」

「あなたの弱みを握《にぎ》れるかと思ったのに」

「ご容赦《ようしゃ》ください。ラミア様に弱みを握られたら最後、血の一滴《いってき》まで搾《しぼ》り取られてしまいそうですので」

「ひどい言われようね。さすがのあたしもそこまではしないわ」

ラミアは、頬《ほお》をふくらませる。

ベラとふたりでいるとき、ときにラミアはこんな子供《こども》っぽい表情《ひょうじょう》をした。それがラミアの本来の姿《すがた》であるのか、それとも密偵《みってい》であるベラに対する擬態《ぎたい》であるのかは判然《はんぜん》としないのだが……

「半分だけ搾り取ったら、またふくらむのを待って半分だけ搾り取るのよ。そのほうが長持ちするじゃない。一度に全部搾り取ったら、それで終わり。もったいないわ」

さらりと言ってのける口調には、獲物《えもの》に対する容赦《ようしゃ》も憐憫《れんびん》も欠片《かけら》ほども感じ取れない。

「………情《なさ》けはかけてくださらないのですね？」

「情け？　かけてあげると言ったら、あなたは信じるの？」

問い返されて、ベラは一瞬《いっしゅん》言葉に詰《つ》まった。

「いいえ」

「ふふふ。ベラはお利口さんね」

首を振《ふ》るベラに、ラミアはそう言って笑む。

「でも、あのアマデオという子。相当、あなたに入れ込《こ》んでいるみたいね。あなたも聞いたでしょう？　あの男に吐《は》いた台詞《せりふ》。主任《しゅにん》を侮辱《ぶじょく》するな、ですって。あたしの配下で、そんな台詞を吐くやつがどれほどいるかしらね」

「ラミア様にはお話ししているかもしれませんが、かつて冒険者《ぼうけんしゃ》をしていた頃《ころ》に一度だけ、アマデオを助けたことがあります。そのことを、まだ恩義《おんぎ》に思っているのかも知れません」

「人間というものは不思議な種族ね。憎《にく》しみも悲しみも愛情もいつまでも覚えている。かと思えば、失敗したことをすぐに忘《わす》れて同じことを繰《く》り返す」

それは、まるで自分はその範疇《はんちゅう》に存在《そんざい》しないかのような口振りだった。

百の顔を持つ盗賊《とうぞく》ギルドの女幹部《かんぶ》にとって、人という姿もまた偽《いつわ》りの顔に過《す》ぎないのかもしれない。

「短い寿命《じゅみょう》が、そうさせるのでしょう。故《ゆえ》に、その短い一生を満足に終えさせるために、暗黒神《ファラリス》は人間を至高神《ファリス》の頸木《くびき》から解《と》き放とうとしたのかもしれません」

「それは、彼の暗黒神の行為《こうい》に対する極めて欺瞞《ぎまん》に満ちた解釈《かいしゃく》だけど。ベラ？　あなた、いつから暗黒神《ファラリス》の代弁者《だいべんしゃ》になったのかしら？」

「この魂《たましい》に刻《きざ》まれた呪《のろ》いによって、生まれたときからそれは宿命づけられています」

神代《かみよ》の戦いから時を経《へ》たいまでも、ダークエルフは暗黒神《ファラリス》の忠実《ちゅうじつ》な下僕《しもべ》であり続けている。故《ゆえ》にその身は暗黒神《ファラリス》の力によって守られ、魔法やほかの神々の力に対して強い抵抗力を持っている。種族としての魂に刻《きざ》みこまれた宿命は、ベラを守ると同時に、ベラを制約し続けているのだ。

「ベラ。あなたは、その宿命とかいうものに従《したが》って生きているのかしら？」

「いいえ。宿命は、ただそこにあるものです。生きていれば、やがて死ぬように。従うも乗り越えるもありません」

「では、あなたが死ぬ前に、あなたをあたしの配下に迎《むか》え入れることにしましょう。もちろん、その宿命とやらも込みで」

はっとしてラミアを見たベラに、

「これまでにも、何度も言っているでしょう？　あたしはあなたを高く評価《ひょうか》しているのよ。冒険者を引退《いんたい》するとき、フェルゴに攫《さら》われてしまったのは失敗だったといまでも思っているわ」

「ご冗談《じょうだん》を」

ベラは息苦しささえ覚えながら、ラミアの視線《しせん》から逃《のが》れるように頭を下げた。

「冗談じゃないんだけど。まあ、いいわ。この話はまたにしましょう。どうやら、あたしの馬車が来たようよ」

ラミアが言った直後、扉《とびら》を叩《たた》く音が聞こえた。

召使《めしつか》いが、ラミアの馬車が玄関先《げんかんさき》に到着《とうちゃく》したことを告げにきたのだった。

「偽物《にせもの》の黄金の車輪の飾《かざ》りをつくった職人《しょくにん》を捜《さが》し出しなさい」

会館を後にしたラミアは、馬車に揺《ゆ》られながら前の座席《ざせき》に座《すわ》る従者然《じゅうしゃぜん》の男に話しかけた。ラミアに仕えている盗賊《とうぞく》ギルドの暗部《あんぶ》、影《かげ》たちのひとりだった。

「最近になってこの都に流れてきた新参者を中心にあたりなさい。考えてみれば、新参者でもなければ、黄金の車輪の偽物をつくるなんて危険《きけん》な真似《まね》はしないわ」

〈黄金の車輪〉の最後の一人にして、〈ロス・ペラス沈黙《ちんもく》の紳士《しんし》〉会館の保《ほ》安主任《あんしゅにん》であるベラの名はファンドリア中に知れ渡《わた》っている。そして、黄金の車輪と呼《よ》ばれるその飾りがそのトレードマークとなっていることも……

ベラにちょっかいをかけて無事でいられると思うほど能天気《のうてんき》な人間は、それだけでファンドリアでは生きていけない。ベラの後ろにはフェルゴがいる。すこし想像力《そうぞうりょく》のある者なら、ベラが冒険者時代に培《つちか》った人脈《じんみゃく》のなかにこの都の支配者《しはいしゃ》たちの名をいくつも見出《みいだ》すことができるだろう。

「命の惜《お》しい者なら、こんなやばい仕事に手を出したりしないわ」

「脅《おど》されていた可能性《かのうせい》もありますが？」

と影が言った。

「そうね。でも、その場合、たとえ仕事を引き受けても偽物《ブツ》ができあがった時点で用済《ようず》み。当然、秘密《ひみつ》をしゃべりそうなやつは、消えてもらうわね？　それらしい職人の死体は出てる？」

「疑《うたが》わしい死体はいくつかあります」

「なら、そっちも調べなさい」

「はっ」

影がかしこまった様子で頭を下げたとき、ふいに馬車が止まった。

『ラミア様』

と、御者台《ぎょしゃだい》につながる伝声管から声が聞こえた。

『問題が起こったようです』

「問題？」

『はい。前方に馬車が横転しています。どうやら、無法《むほう》な襲撃《しゅうげき》があったようです』

「無法な襲撃？　おもしろいことを言うわね。このファンドリアに無法なんて言葉はないわよ。明日には、今日の無法が無法でなくなる国なんだから」

ラミアは蛇《へび》のように笑う。

ファンドリアを支配《しはい》する組織《そしき》は、それぞれの都合で次々に新たな法律《ほうりつ》をつくる。昨日は許《ゆる》されていたことが明日には不法行為《こうい》となり、それによって捕《と》らえられてサンク・ベラスタへの終身流刑《るけい》になることも珍《めずら》しくない。というよりも、政敵《せいてき》を葬《ほうむ》り去るために狙《ねら》い撃《う》ちのような新たな法律がつくられるのだ。

「襲撃犯の姿《すがた》は見える？」

『……見えませんが、どこかに隠《かく》れているかもしれません』

「そう。まあ、いいわ。すこし降《お》りてみましょう」

「しかし、ラミア様。危険《きけん》が予想されますが？」

控《ひか》え目に自重《じちょう》を促《うなが》す従者姿の影に、

「あなたたちが十人で行くより、あたしがひとりで行ったほうが安全よ」

「……申し訳《わけ》ありません」

ラミアの放つ威圧感《いあつかん》に、影はおののいたように上半身を折った。

「気にしなくていいわ。あなたは、まだ役に立つほうだから」

そう言い捨《す》てると、ラミアは馬車を降《お》りた。夜気をはらんだ風が、赤銅色《しゃくどういろ》の髪《かみ》をなびかせる。月を翳《かげ》らせる雲が、急速にながれているのが見えた。

「ラミア様」

と、御者を務《つと》める部下が潜《ひそ》めた声をかけてきた。目が、同行するべきかを問うている。

「あなたは、ここにいなさい」

襲撃者が近くに隠れていて、ラミアたちに刃《やいば》を向けてきたとき、御者が馬車を離《はな》れていては瞬時《しゅんじ》に対応《たいおう》できなくなるおそれがあるからだ。

「はっ」

御者の返答に、ラミアは無言でうなずくと、ツカツカと警戒心《けいかいしん》の欠片《かけら》も読み取れない足取りで横転した馬車に歩み寄った。

ムッと、焦《こ》げ臭《くさ》い匂《にお》いがする。

「これは……」

と、ラミアは顔をしかめた。人の肉の焼ける独特《どくとく》の臭気《しゅうき》がする。

見ると、馬車のなかから引きずり出されたふたつの死体が横たわっていた。ひとりは太った男で、趣味《しゅみ》の良い服を着ている。すこし太めなのは、この死者の豊《ゆた》かな財力《ざいりょく》を物語っているようだった。

その傍《かたわ》らに倒《たお》れているもうひとつの死体は……

「あら、また会ったわね」

ラミアは思わず笑った。

異国風《いこくふう》の装飾過剰《そうしょくかじょう》な衣装《いしょう》に見覚えがある。ララサベル公爵《こうしゃく》の末の姫《ひめ》にちょっかいをかけていたあの男だ。

「となると、フェルゴかしら？　ベラの話では、だいぶ持て余《あま》してたみたいだし、今日の言動を見てたら厄介《やっかい》なことになる前に始末もしたくなるでしょうけど」

ラミアは軽く首を振《ふ》った。よく見ると、いっしょに死んでいるのはフェルゴ傘下《さんか》の商人のひとりだった。道連れにするにはもったいない。

「ラミア様。これを」

影のひとりが、商人の死体の傍らに落ちていた羊皮紙《ようひし》をラミアに見せた。

それを一読した瞬間、ラミアの形相《ぎょうそう》が変わる。

『血は、より多くの血によってのみ洗《あら》われる』

羊皮紙にはそう書かれていた。しかも、ラミアの名が添《そ》えられている。

「なるほど……これは、あたしからフェルゴへの宣戦布告文《せんせんふこくぶん》というわけね。集金人を殺された報復《ほうふく》というところかしら？　どうやら、よほどこの〝百顔《ひゃくがん》の〟ラミアを怒《おこ》らせたいやつがいるらしいわ」

暗闇《くらやみ》の色を纏《まと》った毒蛇《どくじゃ》が、牙《きば》を剝《む》き、カマ首をもたげた。そんな気配が周囲に渦《うず》を巻《ま》く。

ラミアを取り囲んでいた影たちは、その毒に触《ふ》れまいとするように後退《あとずさ》っていた。

「なにやってんの、あんたたち？」

低く押し殺した声で、ラミアが問うた。怒りに彩《いろど》られた眼光《がんこう》が、配下たちを睨《にら》む。

「さっさと探《さが》しなさい、この〝指《さ》し手〟気取りのイカレ野郎《やろう》を！　そして、生きたまま、あたしの前に引きずってくるのよ。手足がなくてもいいわ。でも、ちゃんと生きたまま連れていらっしゃい！　いいわね？」

「はっ！」

鋭《するど》く、毒を帯びた刃《やいば》のようなラミアの語気に、影たちはさっと周囲に散った。襲撃者《しゅうげきしゃ》の手がかりを探すためだ。

「死がいかに慈悲深《じひぶか》いかを教えてあげるわ」

ラミアは眉間《みけん》に憤怒《ふんぬ》を刻《きざ》み込《こ》んだ。

ふいに、ラミアは死が近づく匂いを嗅《か》いだ。幹部《かんぶ》となったいまでは久《ひさ》しく遠ざかっていたが、かつては毎日のように嗅いでいた危険《きけん》な臭気だ。が、その匂いが筋《すじ》を引いて届《とど》こうとしている先は、ラミアではなかった。

「馬車から降りなさい！」

ラミアは警告《けいこく》を発したが遅《おそ》かった。

爆発《ばくはつ》が起こり、馬車が吹《ふ》き飛んだ。猛烈《もうれつ》な勢《いきお》いで炎《ほのお》と熱とが吹《ふ》きつけてくる。ラミアは、両腕《りょううで》で顔を覆《おお》ってかばい、両足を地面に吸《す》い付けるようにしてその圧力《あつりょく》に耐《た》えた。

「ちっ……これだから鼻の利《き》かないやつは使えない」

その点、ベラは鼻が利く。それだけでも、ラミアが持っている駒《こま》のほとんどより、よほど優秀《ゆうしゅう》だ。ラミアが、ベラを欲《ほっ》する理由のひとつがそこにあった。

「それでも、あたしのかわいい部下よ。償《つぐな》いはしてもらわなきゃね」

ラミアは気配を読んでいた。巧妙《こうみょう》に身を隠《かく》してはいるが、殺意は消せない。

上唇《うわくちびる》を舐《な》め、ラミアはにやりと笑った。

「見つけたわよ」

道脇《みちわき》の茂《しげ》みの向こうに、隠しきれない殺意がゆらめいている。

ラミアは両手を胸《むね》の前に構《かま》えた。

「〝偉大《いだい》なるマナ、万物を司《つかさど》る理《ことわり》〟……！」

唐突《とうとつ》に、背後《はいご》にもうひとつの殺気を嗅ぎ取り、ラミアはとっさに身をかわしながら振り返った。暗闇より放たれた矢が迫《せま》っていた。

が、すでにラミアはそれをかわしたはずだった。

「なっ！」

ラミアは瞠目《どうもく》する。矢が不自然な軌道《きどう》を描《えが》いて曲がったのだ。さすがのラミアも、これを避《よ》け切ることはできなかった。

右肩《みぎかた》に痛《いた》みが走る。矢が肉をえぐって突《つ》き刺《さ》さっていた。矢尻《やじり》に塗《ぬ》り込められた毒が猛烈な勢いで体内を駆《か》けめぐり、臓腑《ぞうふ》を引き裂《さ》くような痛みと熱とを発したが、ラミアは動じなかった。ファンドリアの闇のなかに長く身を置いているため、この程度《ていど》の毒にはすでに免疫《めんえき》があるのだ。

「舐《な》めた真似《まね》を！」

ラミアはうめいた。

あの矢の奇妙《きみよう》な動きは、風の精霊《せいれい》の導《みちび》きによるものだ。精霊使いが、風の精霊に呼《よ》びかけて毒矢を運ばせたのだろう。

もう一度、ラミアが呪文《じゆもん》に精神を集中し、反撃《はんげき》に転じようとしたそのとき。

「だれかいるのか！」

誰何《すいか》する声が聞こえた。

街道を無数の影がランタンを掲《かか》げながら走ってくるのが見える。

あれだけの爆発があったのだ。騒《さわ》ぎを聞きつけて、このあたりの治安を預《あず》かっている者たちがやってきたのだろう。

「余計《よけい》なところに余計な連中が…………逃《に》がしたじゃないの」

ラミアは憤然《ふんぜん》と吐《は》き捨《す》てた。

ふたつの気配は、あっという間に夜闇のなかに溶《と》けて消えてしまっていた。


会館周辺の治安維持《いじ》を担当《たんとう》している貿易商《ぼうえきしょう》ギルドの下部組織《そしき》のひとつ〈象牙戦士団《ぞうげせんしだん》〉から、フェルゴ傘下《さんか》の商人とエナンチェ男爵《だんしゃく》夫人が、会館からの帰途《きと》、何者かによって襲撃されたとの報告《ほうこく》を受け、ベラは急ぎ現場《げんば》へ馬を走らせた。

「死体はこれだけですか？」

と、ベラは現場を取り仕切っている〈象牙戦士団〉の男を見上げた。

常人《じょうじん》より頭ひとつは大きいだろうと思われる屈強《くっきょう》な男は、この地区を担当する部隊を率《ひき》いている者だとベラに告げていた。同時に、冒険者《ぼうけんしゃ》時代のベラの名声に対して賞賛《しょうさん》と憧憬《しょうけい》の言葉とを聞いた気がしたが、それは記憶《きおく》には刻《きざ》まれなかった。

「そうです」

簡潔《かんけつ》に答え、男はうなずいた。

ベラの足元には、三つの死体が転がっている。

よく見知った商人と、異国《いこく》からやってきた貴族《きぞく》の男、それに男爵夫人の御者《ぎょしゃ》だという男の死体だ。

「エナンチェ男爵夫人は、どうしたんだ？」

傍《かたわ》らで、アマデオが男に問いかけた。

ベラは、アマデオのほかにも数名の警備兵《けいびへい》を伴《ともな》っていた。会館からの帰途で起こった事件《けんじ》であるため、事後処理《しょり》のすべてを戦士団に任《まか》せるわけにはいかず、どうしても人手が必要だったからだ。

物問いたげな男の視線《しせん》を感じ、

「男爵夫人は、お屋敷《やしき》ですか？」

と、ベラは訊《き》き直した。

「はい」

男が素直《すなお》にうなずくと、アマデオは不機嫌《ふきげん》そうな顔をした。が、気にせず男は続ける。

「このような場所に長くお留《とど》まりいただくのも不敬《ふけい》かと存《ぞん》じまして、お屋敷のほうへ。なにぶん、男爵夫人の馬車があのざまですので、こちらで用意しました馬車にてお送りしました。もちろん、護衛《ごえい》はつけてあります」

男が示《しめ》したところには、男爵夫人の馬車が横たわっている。

「わかりました。すこし調べさせてもらいますが、よろしいですね？」

「はい。ご随意《ずいい》に」

かしこまって敬礼する男に、もはやベラは一瞥《いちべつ》もくれなかった。横転した馬車に歩み寄《よ》ると、念入りに調べる。

「なにかわかりますか、主任《しゅにん》？」

自分にはさっぱりだ、と言うようにアマデオは首を傾《かし》げながらベラの顔をのぞき込んだ。

「馬車や地面に焦《こ》げた痕《あと》があります。それに、死体も焼け焦げていました」

「ああ。そうですね」

アマデオはうなずいた。

「男爵夫人の馬車のほうは違《ちが》いますが、あちらの商人の馬車の馬は短剣《たんけん》によってトドメがさしてあります」

ベラが提供《ていきょう》する断片的《だんぺんてき》な情報《じょうほう》に、アマデオは首を捻《ひね》るしかなかった。

「あの……つまり、どういうことなんでしょうか？」

「商人の馬車が最初に襲《おそ》われました。それも、爆発《ばくはつ》するなにかを使って。しかし、その爆発だけでは馬は死ななかったので、襲撃者《しゅうげきしゃ》がトドメをさしたのです。そこへ、男爵夫人の馬車がやってきて、同様の方法で襲撃されたということです」

「……ええと。どうして、わざわざ馬にトドメを？　それに、男爵夫人はどうして無事だったんでしょう?」

「その質問《しつもん》の答えは、両方とも本人から聞き出すしかありません。襲撃者は捕《と》らえてみなければ聞けませんが、男爵夫人にはお会いしてうかがうことができますね」

ベラはくるりと踵《きびす》を返した。いま会館から駆《か》ってきた馬に、なめらかな動作で飛び乗る。

その後を、アマデオが追ってくる。

「まさか、これから行くんですか?」

「あなたはここに残りなさい。男爵夫人には、わたしひとりでお会いします」

「い、いえ。オレもお供《とも》します」

「こんな夜分遅《おそ》くに、多人数で押《お》しかけては男爵夫人もご迷惑《めいわく》でしょう。わたしだけで十分です。あなたたちは、ここで襲撃者に関する手がかりを探《さが》しなさい」

馬上からアマデオを見下ろしながら、ベラは早口にそう指示《しじ》した。

「へへへ。気をつけていくこった。連中は、きっとあんたも狙《ねら》ってるぜ」

冷笑気味に、戦士《せんし》団《だん》の傭兵《ようへい》のひとりが吐《は》き捨《す》てた言葉が耳に届《とど》く。

「どういう意味だ?」

剣呑《けんのん》な口調で問い質《ただ》したアマデオを、痩《や》せた男がじろりと見た。

「こいつはな、あんたらの大事な保《ほ》安主任様《あんしゅにんさま》が蒔《ま》いた種《たね》だってことさ。噂《うわさ》じゃあ、黄金の車輪の飾《かざ》りをつけた女が、夜ごとに盗賊《とうぞく》ギルドの配下連中を血祭りに上げてるって話じゃねえか」

傭兵の目が、ベラが身につけている車輪の飾りに動いた。

「つまり、こいつはその報復《ほうふく》ってわけだ。へっ。どうやら、あんたはあの綺麗《きれい》な箱庭のなかだけじゃ飽《あ》きたらず、この都を舞台《ぶたい》にどでかい宴会《えんかい》をおっぱじめてぇらしいな。真っ赤な血で衣装《いしょう》を染《そ》める舞踏会《ぶとうかい》を！」

「なんだと！　主任が、そんなことをするわけないだろう！」

怒《いか》りを露《あらわ》にするアマデオとは対照的に、ベラの表情は冷ややかだった。

「その噂をどこで聞きました？」

「なに？」

なんの動揺《どうよう》も見せないベラに、いぶかしげに眉《まゆ》を寄《よ》せた傭兵の頭上に、今度はごまかしも反問も許《ゆる》さない声色の問いかけが降《ふ》ってくる。緑色の双眸《そうぼう》がランタンに照らされた薄闇《うすやみ》を通して、傭兵を射竦《いすく》めていた。

「その噂を、どこで聞いたかと訊《き》いているのです」

「そ、そんなこと……覚えてねえ。ああ……もしかしたら、酒場で聞いたのかも。あんたらには用のねえ、下町のケチな酒場だ。いや、はっきりとは言えねえけどよ。とにかく、そういう噂なんだ」

そう答えたあとで、傭兵は慌《あわ》てて付け加える。

「言っとくが、別に俺《おれ》が言ってるんじゃねえからな」

がくがくと膝《ひざ》が震《ふる》えているのがわかった。

「……わかりました」

ベラは哀《あわ》れな傭兵から視線《しせん》を外すと、馬の首を返した。

「それではアマデオ。あとのことは任《まか》せました」

「は、はい！」

アマデオがうなずくのも見ず、ベラは馬の腹《はら》を蹴《け》った。

馬はいななき、漆黒《しっこく》の闇に埋《う》もれた街道を疾走《しっそう》した。


「遅《おそ》かったわね、ベラ」

〈象牙《ぞうげ》戦士団〉の男から聞いたエナンチェ男爵《だんしゃく》夫人の屋敷《やしき》に赴《おもむ》くと、ラミアがベラの到着《とうちゃく》を待っていた。

豪奢《ごうしゃ》な調度品によって埋め尽《つ》くされた応接室《おうせつしつ》のゆったりとした長椅子《ながいす》に、ラミアはその肢体《したい》を横たえている。赤銅色《しゃくどういろ》の長い髪《かみ》が、会館に着てきたものとは違《ちが》う露出度《ろしゅつど》の高い黒いドレスに収《おさ》められたしなやかで豊満《ほうまん》な肉体を包み込《こ》んでいた。

「あたしの死体が見たかったんじゃないの？」

その瞳《ひとみ》には、いまだ冷め切らぬ怒《いか》りの炎《ほのお》がくすぶっている。

「まさか、そのようなことは……」

ベラの背《せ》筋《すじ》に冷たいものが走る。

恐縮《きょうしゅく》するベラを見て、ラミアはふいに声を上げて笑った。

「ふふふふふ。本気にしないでちょうだい。冗談《じょうだん》よ」

「恐《おそ》れ入ります」

頭を垂《た》れるベラに、

「あなたに見てもらいたいものがあるの」

と、ラミアが言った。

「なんでしょうか？」

「これよ」

ラミアは、一枚《まい》の羊皮紙をベラのほうに投げた。足元に落ちたそれを拾い上げたベラの眉《まゆ》がわずかに曇《くも》る。

「これは？」

「あの商人の死体の横に落ちていたわ。まったくふざけたことをしてくれるわね」

忌《い》ま忌ましげにラミアがうなる。

ベラはうなずき、それに同意した。

「ラミア様に回収《かいしゅう》していただいて助かりました」

「そうね。それをあの脳味噌《のうみそ》まで筋肉《きんにく》でできていそうなボンクラどもに拾われていたら、明日の朝にはファンドリア中が、盗賊《とうぞく》ギルドと貿易商《ぼうえきしょう》ギルドの抗争《こうそう》がはじまったって噂《うわさ》で竜《りゅう》の巣に火球を撃《う》ち込んだような大騒《おおさわ》ぎになるところだったわ。あなたも、微妙《びみょう》な立場にたたされる羽目《はめ》になったでしょうね？」

「はい」

ベラは率直《そっちょく》にそれを認《みと》めた。

むろん、フェルゴはベラが盗賊ギルドの構成員《こうせいいん》を殺したなどという噂を信じるはずはなかった。しかし、それを口実にして盗賊ギルド側が抗争を仕掛《しか》けてくるとなれば、対応《たいおう》はふたつしかない。

つまり、迎《むか》え撃つか、どうにかして相手に剣《けん》を収《おさ》めさせるか、だ。前者なら、ベラは全力で盗賊ギルドと戦うことになる。当然、目前のラミアとも殺し合いになる可能性《かのうせい》は高い。翻《ひるがえ》って、相手に剣を収めさせるとなると、どうしてもその代償《だいしょう》が必要となる。この場合、抗争の発端《ほったん》となっているベラの命を差し出せ、と盗賊ギルド側が要求してくることは避《さ》けられないだろう。

フェルゴはいずれを選択《せんたく》するのか？

さすがのベラも、そこまではわからなかった。

「あたしも、あなたとはできれば戦いたくないわ」

そのため息のような言葉から、ラミアも同じ結論《けつろん》に達していることが容易《ようい》に想像《そうぞう》できる。

「でも」と、ラミアは意地の悪い視線をベラに投げかける。「フェルゴがあなたを差し出すっていうなら、それはいいかもしれないわね。労せずして、あなたが手に入るんだから」

「その場合、わたしは殺されるはずですが？」

「まあ、そこは五分五分ね。うちの幹部《かんぶ》連中を説得できれば、あなたを助けてあげられるんだけど……………ああ〜、その面倒《めんどう》を考えると、あまりいい案じゃないわ。やっぱり、ヤメにしましょう」

ラミアは頭痛《ずつう》でもするようにこめかみを押さえた。

「本気で、お考えでしたか？」

ベラに問われて、ラミアは子供《こども》っぽい仕草で肩《かた》をすくめた。

「ふふふ。どうかしら？　いずれにしても、襲撃犯《しゅうげきはん》の尻尾《しっぽ》を踏《ふ》みつけることが先決。まあ、手は打ってあるから、二、三日で心臓《しんぞう》までたどり着けると思うわ。あなたには、手足をあげてもいいわよ、ベラ？」

「……わたしに手足を譲《ゆず》って、ラミア様はどうなさるおつもりですか？」

「さあ、どうしてやろうかしら？　目玉をくり抜《ぬ》いたり、舌《した》を引き抜いたりするのは月並《つきな》みね。もっと愉《たの》しい方法がないか、考えてみるわ。まあ、五年もあれば思いつくんじゃない？」

ラミアは残酷《ざんこく》な微笑《びしょう》を浮《う》かべた。

五年間、手足もない状態《じょうたい》でラミアにいたぶられ続けることになる襲撃者の末路を思うと、ベラは身体《からだ》の芯《しん》までが凍《こお》り付きそうな戦慄《せんりつ》を覚えずにはいられなかった。

第3章

憎しみの贄

～あえて、少女は罠のなかに。

「でも、やつらは全員死んだはずです」

翌日。

昼前になって、ベラはフェルゴに呼《よ》び出された。

ベラが会館館主の執務室《しつむしつ》に入ると、フェルゴは執務机《づくえ》の向こうで薫《かお》り高い香草《こうそう》入りの紅《こう》茶《ちゃ》を薫《かお》らせていた。それは、この洒落《しゃれ》た口ひげを生やした小柄《こがら》な初老の男が、いつも朝の執務を終えた後に行う儀式《ぎしき》のようなものだった。

「お呼びとうかがいましたが？」

執務机の前に立ったベラを、フェルゴはちらりとも見なかった。分厚《ぶあつ》いカーテンが引かれ、ランプの灯《あか》りだけがほのかに照らす薄暗《うすぐら》い部屋に、重々しい声が響《ひび》く。

「昨夜、わしの親しい友人のひとりが殺された」

と、大して悲しげな様子もなく、まるで何気ない世間話をするような口調でフェルゴは言った。

ベラは慇懃《いんぎん》にうなずく。

「はい。すでに報告《ほうこく》しました通り、昨夜、会館からの帰途《きと》、ひとりの商人が何者かに襲撃《しゅうげき》され、殺害されました。現在《げんざい》、〈象牙戦士団《ぞうげせんしだん》〉の協力を得て、犯人《はんにん》を捜索中《そうさくちゅう》です」

「だが、どうやら事はそれだけではなかったらしい。先程《さきほど》、報告があった。昨夜のうちにさらにひとり、わしの友人が殺害された」

　フェルゴの言葉に、ベラはわずかに眉《まゆ》を寄《よ》せた。

「……それは、同一犯による凶行《きょうこう》ということでしょうか？」

「うむ。それが、そうではないらしい。そちらの犯人は、〈象牙戦士団〉が押さえた」

と、フェルゴは香草茶のカップを傾《かたむ》ける。

　ベラは黙《もく》してそれを見守り、雇《やと》い主の次の言葉を待った。

「報告では、盗賊《とうぞく》ギルドの構成員《こうせいいん》だったそうだ。それも、暗殺を専門《せんもん》にしている連中ではなく、ただのこそ泥《どろ》だ」

「それでは、盗《ぬす》みに入ったところを見つかり、殺害したということですか？」

　もしそうなら、先の襲撃の件《けん》とは無関係ということになる。

「いや。そのこそ泥は、家人がわしの友人だと知っていて押し入り、殺したとうそぶいたそうだ。仲間が、この会館の保《ほ》安主任《あんしゅにん》に殺されたことに対する報復《ほうふく》だそうだが、おまえは、いつそんなことをしたのだ？」

「恐《おそ》れながら。そのような風聞《ふうぶん》があることは承知《しょうち》しておりますが、わたし自身には身に覚えはございません」

「風聞か……なるほどな。しかし、火のないところに煙《けむり》は立たぬというたとえもあるぞ？」

カチャリと、カップが白磁《はくじ》の受け皿の上に置かれた。

机の上に両肘《りょうひじ》をつき、組まれた指の間から老いてもなお鋭《するど》さを失わないその眼光《がんこう》が、ベラを見据《みす》えた。

「わかりました。言葉だけでは、証明《しょうめい》にはならないということですか？」

「わしは、おまえを信じてもよいのだがな。しかし、そうでない者もいる。事実はどうあれ、風聞のほうを信じる者にとっては、おまえが盗賊ギルドの配下を惨殺《ざんさつ》したということこそが真実になるものだ。その真実が虚構《きょこう》であることを、言葉ではなく、目に見えるもので証明しなくては、またわしの友人たちが被害《ひがい》を受けることになるだろうからな」

いかにフェルゴやラミアにその気がなかったとしても、下《した》っ端《ぱ》同士の小競《ぜ》り合いから大きな抗争《こうそう》へと発展《はってん》する可能性《かのうせい》も否定《ひてい》できない。そして、一度はじまってしまった争いは、寝起《ねお》きの悪い竜《りゅう》のように始末が悪い。沈静化《ちんせいか》させるためには、それ相応の犠牲《ぎせい》を強《し》いられるものなのだ。

フェルゴはそれを危惧《きぐ》し、最初からすべてを了解《りょうかい》した上で自分をこの部屋に呼んだのだと、ベラは悟《さと》った。

「犯人を見つけ出します」

と、ベラは言った。

「そうしてくれ。だが、ゆっくりとはできんぞ。さらに事件が続けば、わしも座《ざ》して香草茶をすすっているわけにもいかなくなる。報復をするか、それとも話し合いで手を打つか。いずれにしても、あまり喜ばしくはない決断《けつだん》を迫《せま》られることになるだろう。おまえならば、わかっているとは思うがな」

「心得ております」

「では、急ぎたまえ。いまや、時は商業神《チャ・ザ》の下さる幸運よりも価値《かち》がある」

フェルゴは革張《かわば》りの椅子《いす》に背《せ》をもたれ、「行け」というように手のひらを振《ふ》った。

ベラは無言で一礼し、踵《きびす》を返した。

執務室《しつむしつ》を出る間際《まぎわ》、扉《とびら》に手をかけたベラの背中を、ふいにフェルゴの感情《かんじょう》を押《お》し殺したように低い声が呼び止めた。

「ベラ。おまえの手際を見るのは、わしの知的な楽しみのひとつだ。今回も、それを期待している。いいな?」

「…………はい」

ベラは振り返らずに答えた。

フェルゴの執務室を出たベラを、黒髪《くろかみ》の青年が待っていた。

「主任《しゅにん》。館主はなんと？」

不安げな顔を向けて訊《き》くアマデオに、

「あなたが知る必要はないことです」

一瞥《いちべつ》をくれただけで、ベラは会館の赤い絨毯《じゅうたん》が敷《し》き詰《つ》められた回廊《かいろう》を歩きはじめた。慌《あわ》ててアマデオがそのあとに続く。

「辞《や》めたりはしないですよね？」

「辞める？　なんのことです？」

背中を追ってきた声に、ベラはいぶかしげに反問した。

アマデオは、すこし迷《まよ》ったふうな声色で答える。

「……館主が、主任を辞めさせるために呼《よ》び出したんじゃないかと。その噂《うわさ》があって」

「噂？」

ベラは足を止めて振り返った。

金色の髪がふわりと巻《ま》き上がり、アマデオの鼻先をかすめた。

「えっ……あの」

アマデオは、わずかに狼狽《ろうばい》した様子で言いよどんだ。

「どんな噂です？」

と、ベラは質問《しつもん》を繰《く》り返す。

アマデオは、青い瞳《ひとみ》を困《こま》ったようにきょろきょろさせたが、やがて観念したようにため息を吐《つ》く。

「主任が盗賊《とうぞく》ギルドの構成員《こうせいいん》を殺しているっていうくだらない噂です。そのせいで、貿易《ぼうえき》商《しょう》ギルドと盗賊ギルドの間で抗争がはじまるとか、昨日の商人が殺された件《けん》も盗賊ギルドの報復《ほうふく》だとか。主任が、そんなことをするはずはないっていうのに」

バカバカしいと言いたげな口調だった。

「なるほど」

と、ベラはつぶやいた。

「ただの噂ですよね？　まさか、館主もそんなものを信じて主任を辞めさせたりはしないでしょう？」

「もし、本当だったら、どうしますか？」

「オレも会館を辞めます！」

と、決意を秘《ひ》めた瞳で、アマデオは叫《さけ》んだ。胸《むね》のなかのすべてをぶちまけるように言い募《つの》る。

「オレは、あの荒地《あれち》で命を助けてもらったときから、ずっと主任といっしょに冒険《ぼうけん》がしたいって思ってきました。だから、村を出て冒険者になったんです。ここの警備兵《けいびへい》になったのも、主任が冒険者を引退《いんたい》してここで保安《ほあん》主任をしているって知ったからです」

そのときの思いをよみがえらせようとするように瞑目《めいもく》し、アマデオは深く呼吸《こきゅう》した。

「もし主任が辞めるのなら、オレがここにいる意味もなくなります。だから、いっしょに連れて行ってください。オレ、主任の下で働きたいんです！」

まっすぐに自分を見つめてくるアマデオの眼《め》を、ベラは静かに見返していた。が、ふと目を細める。

「あなたの気持ちはうれしいですが、わたしは会館を辞めるつもりはありませんし、別にフェルゴ様からも辞めるように言われてはいません。わたしが訊《き》いたのは、わたしが盗賊ギルドの構成員を殺しているという噂のほうです」

「あっ…………」

勘違《かんちが》いに気づいて、アマデオは赤面した。

自分が叫んだ言葉の意味を思い返して、耳まで真っ赤になる。

「す、すみません」

「あやまるようなことではありません」

「は、はい……でも、それじゃあ、主任は辞めないんですね？」

ベラは無言でうなずき、それを肯定《こうてい》した。

「そうか。よかった」

と、アマデオは胸を撫《な》で下ろし、今度ははっとして深刻《しんこく》そうな顔で声を潜《ひそ》める。

「でも、主任が盗賊ギルドの構成員を殺したという噂は、もしかして本当なんですか？」

「……フェルゴ様に命じられれば、そうした任務《にんむ》をこなすこともある、ということです」

ベラの呆《あき》れたような口調に、

「ああ、なるほど。そうですね」

と、アマデオは納得《なっとく》する。

可能性《かのうせい》の問題とするなら、むろん、そういうことはあり得る。フェルゴがその程度《ていど》の任務にベラを使うかどうかは、また別の問題ではあったが。

「しかし」と、ベラはふいに表情《ひょうじょう》を厳《きび》しくした。「フェルゴ様のお話も、その噂に関するものだったことは確《たし》かです。どこかに、もうひとりのわたしがいて、悪さをしているようですね」

「もうひとりの主任？」

「つまり、偽者《にせもの》です」

ベラの回答《かいとう》に、アマデオはすべてを理解《りかい》したような表情をした。

「そうか。ちくしょう！」

と、拳《こぶし》で手のひらを叩《たた》き、怒《いか》りを露《あらわ》にする。

「主任が殺したように見せかけて、会館と盗賊《とうぞく》ギルドを戦わせようとしているやつがいるってことか！」

「そうです」

首肯《しゅこう》するベラ。

アマデオは唇《くちびる》を噛《か》んだ。

「くそっ！　主任に罪《つみ》を被《かぶ》せるなんて、どこのどいつだ！」

「それは、だいたい見当《けんとう》がついています」

意外なベラの言葉に、アマデオは目を見張《みは》った。

「そうなんですか？」

ベラはうなずく。

「アマデオ。昨夜の現場《げんば》を覚えていますか？　地面と馬車が焼けこげていました。さらに、馬にはトドメがさしてあったでしょう？　同じような現場に、最近、立ったことはありませんか？」

「同じような現場、ですか？」

アマデオは記憶《きおく》を探《さぐ》るように虚空《こくう》に視線《しせん》を漂《ただよ》わせた。が、やがてなにか答えを摑《つか》み取ることに成功した。

「あの暗殺者たち！」

フェルゴの命を狙《ねら》い、ベラたちが返り討《う》ちにした黒装束《くろしょうぞく》の者たちだ。

「そうです」と、ベラはアマデオの言葉を肯定する。「馬車を〝炎晶石《ファイア・クリスタル》〟を使って吹《ふ》き飛ばすという荒《あら》っぽい手口は、なかなか特徴的《とくちょうてき》です。さらに、爆発《ばくはつ》によって死に切れなかった馬にトドメをさすという奇妙《きみょう》な行為《こうい》も独特《どくとく》なものです。まず、同一犯《どういつはん》と見て間違《まち》いないでしょう」

「でも、やつらは全員死んだはずです」

「いいえ。ひとりだけ、死体を確認《かくにん》していない者がいます」

そう言われて、アマデオは、はっとして顔を上げた。

「まさか、あいつ……」

あの夜、濁流《だくりゅう》のなかに消えた黒髪《くろかみ》の少女の姿《すがた》が脳裏《のうり》をよぎる。

「で、でも、あの傷《きず》で助かるとは思えません。間違いなく致命傷《ちめいしょう》でした。その上、川になんか落ちたら……生きているはずはありません」

「死んだという確証《かくしょう》もありません」

「それは、そうですが……」

「むろん、いまの段階《だんかい》ではあの暗殺者の仕業《しわざ》であることも断定《だんてい》はできません。あるいは、彼女はすでに死んでいて、別の暗殺者同盟《どうめい》の者が、仲間の仇《かたき》を討《う》とうとしているのかもしれません」

「では、暗殺者同盟が、今回の事件《じけん》の黒幕《くろまく》なんですか？」

「それはどうでしょう。確《たし》かに、盗賊ギルドと貿易商《ぼうえきしょう》ギルドを争わせて双方《そうほう》の力を削《そ》ぐことができれば、暗殺者同盟にとっては有益《ゆうえき》かもしれませんが……組織《そしき》自体が絡《から》んでいるにしては、事態《じたい》の進展《しんてん》がやや鈍《にぶ》い気がしますね。もっと多数の、それも重要度の高い者たちを暗殺して、一気に抗争に発展《はってん》させるくらいのことはしてくるでしょう。今回は、自《みずか》らの復讐心《ふくしゅうしん》を満足させようとしている者の個人的《こじんてき》な行動と考えたほうがよさそうです」

あるいは、暗殺者同盟の幹部《かんぶ》たちはこの犯人《はんにん》の個人的な憎《にく》しみを利用して、組織の勢力《せいりょく》伸張《しんちょう》を狙《ねら》っているのかもしれない。仮《かり》に失敗したとしても、仲間を殺されたことに恨《うら》みを持った暗殺者の暴走《ぼうそう》ということで片《かた》を付けられるからだ。

「いや。成功しても、暴走した暗殺者は切り捨《す》てますか……」

ベラは、そんなつぶやきをもらしたが、アマデオには聞こえなかった。

「オレの責任《せきにん》です。オレが取り逃《に》がしてしまったから！」

アマデオはうつむき、悔《くや》しさを噛《か》み締《し》めて震《ふる》えていた。

「それは、同時にあなたたちに追跡《ついせき》を指示《しじ》したわたしの責任でもあります」

「しかし……」

思い詰《つ》めたような顔をしてうつむくアマデオの顎《あご》を、ベラの繊細《せんさい》な指先がとらえた。いささか強引に、ベラはアマデオの顔を上げさせ、その青い色の瞳《ひとみ》を見つめた。

「責任を感じるなら、失敗を取り戻《もど》す方法を考えなさい。自ら考え、行動できない者はただの数合わせの駒《こま》にしかなりません。しかし、行動してもそれを成功に導《みちび》く能力《のうりょく》のない者は、自らの限界《げんかい》を量《はか》れない愚《おろ》か者です。どちらにせよ、いずれは切り捨てられて屍《しかばね》を晒《さら》すでしょう。この国では、そういうことになっているのです」

「…………わかりました」

顔を赤くして、アマデオは呆然《ぼうぜん》とそう言った。

「わたしに認《みと》められたいのなら、役に立つところを見せなさい。わたしは、わたしにできる方法で自分の責務《せきむ》を果たします」

ベラはそう言って、ほんの一瞬《いっしゅん》、かすかに笑《え》んだ。

夜闇《よやみ》が東の空から迫《せま》る頃《ころ》。

酒場の片隅《かたすみ》で、ひとりの痩《や》せた男が酒を飲んでいた。

周囲には、呼吸《こきゅう》しただけで酔《よ》っ払《ぱら》ってしまいそうなほどの濃厚《のうこう》な酒気を帯びた空気と、煙《けむ》るような葉たばこの匂《にお》い、陽気な笑い声と怒号《どごう》とが満ちていた。その猥雑《わいざつ》な喧騒《けんそう》を縫《ぬ》って、フードを被《かぶ》った人影《ひとかげ》が痩せた男の傍《かたわ》らに座《すわ》る。

「おっと。そこには先約があるぜ」

男が咎《とが》めると、

「そいつをおごる。それで、しばらくこの席《せき》を貸《か》してくれ。どうだ？」

人影は二枚《まい》のガメル銀貨をテーブルの上に転がした。

「ふん。その声には聞き覚えがあるぞ。アマデオの兄ちゃんだな？」

「よくわかるな」

人影は感嘆《かんたん》の声を上げた。フードを取り、アマデオは男に親しみを込《こ》めた笑みを向けた。

が、男は「ふん」と鼻で笑ってそれに答える。

「情報屋《じょうほうや》は耳がよくなきゃ務《つと》まらねえ商売なんだ。おまえ、しばらく前に冒険者《ぼうけんしゃ》を引退《いんたい》して、〈沈黙《ちんもく》の紳士《しんし》〉会館の警備兵《けいびへい》になったそうじゃねえか。あのおっかねえ女の下で働いてるんだろ？　まったく物好きにもほどがあるぜ」

「主任《しゅにん》のことを悪く言うな」

アマデオは、ムッとした表情をして男を睨《にら》み付けた。男は、冒険者をしていた頃《ころ》に知り合った情報屋だが、口の悪さは相変わらずのようだった。

「へっ。どんなにお綺麗《きれい》な顔をしてようが、手は血でべっとりだ。あの女が、どれだけの命を吸《す》っていまの立場にいるか、おまえも知らないわけじゃねえだろう？　ダークエルフの口づけは死の宣告《せんこく》っていうがな。このファンドリアじゃあ、そんなものよりあの女エルフの口づけのほうがよほど怖《こわ》いぜ。いっそ死んだ方がマシだってくらいの目に遭《あ》わされるかもしれねえからな」

「いい加減《かげん》にしろ！」

「そういきり立つなってえんだ。どうやら、おまえがあの女にご執心《しゅうしん》だって噂《うわさ》は本当らしいな、アマデオ？　あの女の側《そば》にいたくて会館に入ったんだろうって、もとの仲間連中が言ってたぜ」

「……それが、どうした。主任には、恩《おん》がある。それを返したいだけだ」

アマデオは、すこしバツが悪そうに顔を背《そむ》けた。図星《ずぼし》を当てられて、照れているようでもある。

「故郷《こきょう》の村が盗賊《とうぞく》に襲《おそ》われたときに助けてくれたって話か？　そいつは聞いてるが、そこまで恩を返す恩でもねえだろ。第一、あんとき、〈黄金の車輪〉は領主《りょうしゅ》からの依頼《いらい》で盗賊の討伐《とうばつ》に出向いてたんだ。恩を返すなら、金を払った領主に返したらどうだ?」

「うるさい。情報屋のくせに、ピーチクしゃべりすぎだ」

「ほんの世間話だ。気にするな」

と、情報屋は肩《かた》をすくめ、ジョッキをあおった。

「で、その会館の狗《いぬ》がこんな場末の酒場にひょっこり顔を出して、いったいなんの用があるんだ?」

「実は、調べてもらいたいことがある」

アマデオは真面目《まじめ》な顔をして声を潜《ひそ》める。

「なんだ?」

「〝炎晶石《ファイア・クリスタル》〟を扱《あつか》っている闇商人《やみしょうにん》を紹介《しょうかい》してくれ。できれば、最近、〝炎晶石〟を売ったというやつがいい」

「〝炎晶石〟?」と、情報屋は顔をしかめた。「また、珍《めずら》しいものを探《さが》してるもんだな。売った商人を知りてえってことは、そいつを買ったやつを探してるのか?」

「そうだ」

アマデオがうなずくのを見て、男は酒を飲み干《ほ》すと、給仕の女を呼《よ》んで新しいジョッキを注文した。そして、もったいぶった様子でいまにも壊《こわ》れてしまいそうな古びた椅子《いす》に背《せ》をもたせかけた。

「そいつを引き受ける前に質問《しつもん》だ。その依頼《いらい》は、あの女が盗賊ギルドの配下をぶっ殺して回っていることと、なにか関係があるのか？」

「主任は、そんなことはしていない！」

アマデオは声を荒《あら》げた。その胸《むな》ぐらを摑《つか》み、男が凄《すご》みを利《き》かせる。

「落ち着け、このゴブリン頭。このあたりじゃあ、あの女が殺したってことになってるんだ。実際《じっさい》にはだれが殺したとか、そんなことは関係ねえ。話せばわかってもらえるなんて甘《あま》えた考えは捨《す》てて、状況《じょうきょう》を受け入れろ。でないと、生きて会館には戻《もど》れねえぞ。ここの連中は、ほとんどが盗賊ギルドにつながってるんだ」

「…………」

アマデオは口ごもり、周囲に視線《しせん》を泳がせた。が、だれもふたりには注目していなかった。ちょっとしたいざこざは、ここでは日常茶飯事《にちじょうさはんじ》なのだ。

「暴《あば》れてもいいけど、壊さないでくださいね。弁償《べんしょう》してもらいますから」

と、エールで満たされたジョッキをふたつ、片手で持ってきた女給仕が、それをアマデオと男の前に置いた。

「あっ。オレは注文まだだけど?」

「気を利かせて持ってきてあげました。まさか、うちの椅子に座《すわ》って、一杯《いっぱい》も飲まずに帰るつもりはないでしょう?」

女給仕はにこりと笑う。

「はははははっ! まあ、飲んでいけや、アマデオ。酒も飲まずに酒場で話はできねえぜ」

「えっ…………ああ、そうだな」

爆笑《ばくしょう》する男を横目に、アマデオは酒代のガメル銀貨を女給仕に手渡《てわた》した。

「どうも。お代わりが必要なら、いつでも注文してくださいね」

そう言うと、女給仕は大声で彼女を呼《よ》んでいる酔客《すいきゃく》のほうへ足早に去っていった。

「まずは乾杯《かんぱい》だ」

男が差し出したジョッキに、アマデオは小声で「乾杯」と言いながら自らのジョッキを打ち合わせた。それから、すこしだけ喉《のど》に流し込む。途端《とたん》に、酒の精霊《せいれい》が全身を駆《か》けめぐる感覚がした。顔が熱くなってくる。

「で、話の続きだが」

と、男は言った。ジョッキの中身は、一口で半分ほどもなくなっている。

「もし、その話があの女絡《がら》みなら料金は割増《わりま》しさせてもらう。さっきも言ったが、いま、ここらにはあの女を殺したがってる奴《やつ》らがウヨウヨいやがるんだ。危《あぶ》ない橋を渡《わた》るには、それなりの見返りってものが必要だからな」

「………わかった。いつもの倍、三百ガメル払《はら》う」

「六百だ」

男の切り返しに、アマデオは酒を噴《ふ》き出しそうになった。

「法外《ほうがい》だぞ」

「そう思うなら、ほかをあたれ。ただし、おまえは生きて帰れない」

自分以外の者に話を持ちかければ、ベラの関係者であるアマデオは即座《そくざ》に殺されてしまうだろう。

男は、暗にそう言っているのだ。

それが脅《おど》しであるのか、それとも真実であるのかはアマデオにはわからなかった。が、アマデオにとってほかに良いアテがあるわけでもなかった。

「わかった」

やや間を置いて、アマデオは憮然《ぶぜん》とした顔つきで男の要求を了承《りょうしょう》した。

男はくつくつと笑う。

「素直《すなお》だな。まあ、おまえに細かな駆け引きは難《むずか》しいか」

「うるさい」

ますます不機嫌《ふきげん》な顔になりながらも、アマデオは請求《せいきゅう》されただけの金を支払《しはら》った。

「これで、調べてもらうぞ」

「喜べ。実は、もう調べてある。〝炎晶石《ファイア・クリスタル》〟を扱《あつか》っていて、最近、それをだれかに売りさばいた闇商人《やみしょうにん》は、ここらじゃあ一人だけだ」

「なっ……」

目を丸くするアマデオに、男は意地の悪そうな視線《しせん》を向けた。

「別に驚《おどろ》くことはねえ。フェルゴの命を狙《ねら》ったやつらが〝炎晶石〟を使ったって噂《うわさ》があった。さらに、昨夜も、フェルゴにべったりの商人が同じ手で殺されたんだ。すこし頭の働くやつなら、すぐに〝炎晶石〟をどこから手に入れたのかと考えるもんだ。おまえも、そう考えてここに来たんじゃねえのか？」

問われて、アマデオは言葉もなくうなずき、それを認《みと》めた。

「おまえが考えつく程度《ていど》のことは、だれでも考えつくってことだ。いったん考えつけば、調べるのは簡単《かんたん》だ。〝炎晶石〟なんてものは、高価《こうか》な上に使い道が限《かぎ》られている。そうそう買い手がいるもんじゃねえのさ」

「ただの情報料《じょうほうりょう》にしては、六百はボリ過《す》ぎだと思わないのか？」

「危険《きけん》を冒《おか》してることに変わりはねえ。あの女の飼《か》い犬であるおまえに協力したってだけで、こっちの命も危《あぶ》なくなるんだからな。昔なじみでなけりゃあ、もっと吹《ふ》っ掛《か》けてやってもいいくらいなんだぜ？」

男は片眉《かたまゆ》を上げてアマデオの顔をのぞき見た。

以前もそうだったが、やはりこの男に言葉で勝てるとは思えない、とアマデオは再確認《さいかくにん》した。無駄《むだ》に時間を費やすよりも、自分にはもっとするべきことがあるはずだ。

口をへの字に曲げて視線を手元のジョッキに移《うつ》すと、まだ琥珀色《こはくいろ》の液体《えきたい》は半分以上も残っていた。

思い切って、アマデオは一気にジョッキを空けた。ぷはあ～～～～と酒臭《さけくさ》い息を吐《は》くと、男の顔をまっすぐに見る。

「闇商人の名前と居所《いどころ》を教えてくれ。そうしたら、もう一杯おごってやる」

情報屋はにやりと笑った。


日が暮《く》れて間もなく、所用を理由に会館を出たベラは、フードを目深《まぶか》に被《かぶ》って追い剝《は》ぎや強盗《ごうとう》のような物騒《ぶっそう》な連中がうろつく界隈《かいわい》を足早に歩いていた。

やがて、なんの変哲《へんてつ》もない扉《とびら》の前に止まり、応対《おうたい》に出た男にその名を告げた。男は慇懃《いんぎん》に一礼し、ベラをなかに迎《むか》える。

ベラは、男の案内でこの家の主人が待っているという部屋に入った。

「いらっしゃい、ベラ。突然《とつぜん》、呼《よ》び出して、ごめんなさいね」

と、まるで蛇《へび》のように長い黒髪《くろかみ》を四肢《しし》に絡《から》みつかせた妖艶《ようえん》な美女が、年代物の豪奢《ごうしゃ》な肘《ひじ》掛《か》け椅子《いす》から身を起こした。二本の燭台《しょくだい》だけが照らす薄暗《うすぐら》い室内に溶《と》け込《こ》んでしまいそうな漆黒《しっこく》のドレスをまとい、真っ赤な唇《くちびる》を広げて笑う。

「いいえ。ラミア様から、お呼びがかかるものと思っておりましたので」

と、ベラは美女の前に歩み寄り、恭《うやうや》しく頭を下げた。

エナンチェ男爵《だんしゃく》夫人の装《よそお》いを脱《ぬ》ぎ捨《す》てた〝百顔の〟ラミアのいまの顔は、ベラがもっとも見知ったものに変わっている。が、おそらくそれも、本当の姿《すがた》ではないだろうという確《かく》信《しん》を、ベラはいつの頃《ころ》からか抱《いだ》いていた。

「あら、そう。どうやら、もうフェルゴから話を聞いているようね？」

「はい」

ベラは静かにうなずいた。ラミアからの使いが来たときから、すでに自分が呼びつけられた理由が、フェルゴ傘下《さんか》の商人がこそ泥《どろ》に殺された件《けん》に関係するものだと、予想はついていたのだ。

「ラミア様は、まるではるか東海の果てにあるという火山、神の心臓《しんぞう》の噴火口《ふんかこう》のように炎《ほのお》を吹《ふ》き上げ、その胸《むね》のうちでは灼熱《しゃくねつ》の溶岩《ようがん》が煮《に》えたぎっているようだ、とうかがいましたが……どうやら、いまはすこし収《おさ》まったようですね」

「そう見える？　でも、いまだって結構怒《けっこうおこ》っているわよ。〈象牙戦士団《ぞうげせんしだん》〉の詰《つ》め所に押《お》し込んで、その英雄《えいゆう》気取りのろくでなしを引きずり出してきてやりたい気分だわ。そうしたら、足の先からゆっくりと肉と骨《ほね》とを削《そ》ぎ落としていってやるのに」

ラミアの茶褐色《ちゃかっしょく》の双眸《そうぼう》に、残忍《ざんにん》な炎が揺《ゆ》らめいて見えた。

「ラミア様の忍耐力《にんたいりょく》には感謝《かんしゃ》いたします。もし、そのお考えを実行されていたら、盗賊《とうぞく》ギルドと貿易商《ぼうえきしょう》ギルドとの抗争《こうそう》は避《さ》けられなかったでしょう」

そうすれば、おそらくベラは先頭に立ってラミアと戦うことを強《し》いられたに違《ちが》いなかった。ラミアも当然それはわかっているだろう。だからこそ、軽挙《けいきょ》を避け、この薄闇のなかで、まるで獲物《えもの》を狙《ねら》う毒蛇《どくじゃ》がとぐろを巻《ま》くように、じっと自分が来るのを待ち構《かま》えていたのだ。

「ベラ。別に、あたしは貿易商ギルドとやり合うことを怖《こわ》がってるわけじゃないわよ。でも、まるであたしが、組織《そしき》のために身を犠牲《ぎせい》にして報復《ほうふく》を果たした優秀《ゆうしゅう》な部下を、抗争が起こることを覚悟《かくご》の上で助け出したみたいに見えてしまうのは我慢《がまん》できないわ」

「〈象牙戦士団〉の詰め所を襲撃《しゅうげき》して犯人《はんにん》を引きずり出せば、ラミア様が犯人を助け出したように見えるでしょうから。目先のことしか見えない者は、そのように言うかもしれませんね。しかし、あのこそ泥が優秀な部下とは、ゴブリンでももっと気の利いた冗談《じょうだん》を言うと思いますが」

「まったくだわ!」と、ラミアは嘆《なげ》かわしげに額《ひたい》を押さえた。「あなたも気をつけることね、ベラ。しっかり手綱《たづな》を引き締《し》めていないと、勝手なことをしてとんでもない迷惑《めいわく》をかけてくる部下がいるかもしれないから」

「ご忠告《ちゅうこく》、肝《きも》に銘《めい》じます」

「特に、あの坊《ぼう》やなんかは要注意ね。ほら、お姫様《ひめさま》を助けて決闘《けっとう》を仕掛《しか》けられた子。前ばかりに気を取られて、足元も見ずに突《つ》っ走りそうな感じだから」

「ラミア様にご心配いただいたと知れば、アマデオも感激《かんげき》することと思います」

ベラの返答を聞いて、ラミアはくすりと笑みをこぼした。声音《こわね》が、すこしからかうような調子に変わる。

「あなたのことを心配したのよ、ベラ。今度みたいなつまらない事件《じけん》で、あなたの立場が危《あや》うくなるのは、いたたまれないわ」

「ご心配には感謝いたします。しかし、わたしも色々と手は打っておりますので、ラミア様のお手を煩《わずら》わせることはないかと存《ぞん》じます」

「ふふふ。敬愛《けいあい》してやまない保安主任《ほあんしゅにん》のためにまっすぐ突っ走る坊やを、けしかけたらしいじゃない？　犯人に〝炎晶石《ファイア・クリスタル》〟を売った闇商人《やみしょうにん》を探《さが》して、酒場で情報屋《じょうほうや》と接触《せっしょく》していたと報告が入っているわ。なにを吹《ふ》き込んだの？」

「なにも」

ベラは簡潔《かんけつ》に答えた。その表情からは、何の感情の変化も読み取ることはできなかった。

ラミアは、「ふ～ん」と目を細めた。意地悪そうに歪《ゆが》めた口元に、新しい玩具《おもちゃ》を見つけた子供《こども》のように愉《たの》しそうな笑みが浮《う》かんでいる。

「すこし前に酒場を出て、今頃《いまごろ》はきっと闇商人のところかしら。あなた、あの坊やが海千山千の闇商人からまともに話を聞き出せると思う？」

「それは、アマデオ次第です。しかし、わたしは役に立ってくれるものと信じています」

「あなたが期待しているのは、餌《えさ》として役立ってくれることでしょう？　あの坊やのやり方じゃあ、自分はおまえたちのことを調べていますって、犯人に宣言《せんげん》して歩いているようなものだから」

「……それはラミア様の考えすぎと存《ぞん》じます」

ベラはわずかに声を低くした。美しい緑色の瞳《ひとみ》が、深い闇を宿してラミアを見つめる。

「そう」と、〝百顔《ひゃくがん》の〟異名《いみょう》を持つ女は言った。「いいわ。あなたがそう言うのなら、そういうことにしておくわ。でも、これはあたしのカンだけど、あの餌はなかなか優秀《ゆうしゅう》よ。たぶん、大きな魚が食いつくでしょうね」

「餌が優秀なら、釣《つ》り上げるのは釣り人の技量次第ということになります」

「大きすぎて竿《さお》が折れてしまうかもしれないわ。魚をすくい上げる網《あみ》を貸《か》してあげましょうか？」

ラミアは、探《さぐ》るような視線《しせん》でベラの顔をのぞき込んだ。

ややあって、ベラはあきらめたようにため息を吐《つ》く。

ラミアに借りをつくることの危険《きけん》さは十分に承知《しょうち》しているのだが、ここに来た時点ですでに毒蛇《どくじゃ》の牙《きば》に囚《とら》われていたのだ。

「………どのような網でしょうか？」

「それを、これから見せてあげるわ」

ラミアが目で合図を送ると、配下のひとりがうなずき、部屋を出ていった。

「なにがはじまるのですか？」

「ふふふ。そう先を急ぐものではないわ、ベラ。ものには順序《じゅんじょ》というものがあるのよ」

「しかし、こうしている間にも、魚がかかってしまうかもしれませんが？」

「大丈夫《だいじょうぶ》。浮きはつけてあるから」

愉しげな笑みを浮かべるラミアに、ベラはあきらめたように口をつぐんだ。


月が空の天井《てんじょう》へと昇《のぼ》ろうとしている。

すっかりできあがってしまった情報屋を置いて酒場を出たアマデオは、細い入り組んだ路地の果てにある粗末《そまつ》な木の扉《とびら》の前に立っていた。ほかに人影《ひとかげ》はなく、周囲には腐《くさ》った水と汚物《おぶつ》とが放つ吐《は》き気をもよおすような臭気《しゅうき》が立ち込めている。

「本当にひどいところだ」

と、アマデオは顔をしかめた。

情報屋からもそう聞いていたのだが、実際《じっさい》に来てみると予想以上の臭《にお》いだった。しかし、こういう汚《きたな》くて人が寄《よ》りつこうとも思わない場所のほうが、人目を気にする連中が危《あぶ》ない取り引きをするには、おあつらえ向きなのだそうだ。

アマデオはため息を吐《つ》くと、背筋《せすじ》を伸《の》ばして気を引き締め直した。軽く三度、扉を叩《たた》く。

ほどなく、小窓《こまど》が開き、目だけがそこからのぞいた。

「だれだ？」

と、しゃがれた老人の声がした。

「いいから、さっさと開けろ。このクズ野郎《やろう》！」

アマデオが吐《は》き捨《す》てるように言うと、パタンと小窓が閉《と》じた。が、すぐに鍵《かぎ》を外す音がした。

(なんなんだ、この合言葉は………)

アマデオはほっとしながらも、内心でため息を吐《つ》いた。

さっきの罵倒《ばとう》するような台詞《せりふ》が合言葉だったのだ。情報屋《じょうほうや》から聞いたときは、からかわれているのかとも思ったのだが、どうやら本当だったらしい。

ほどなく扉が開き、皺《しわ》の多い顔の年老いた男が姿《すがた》を現《あらわ》した。

「入んな、若《わか》いの」

顎《あご》をしゃくるようにして、老爺《ろうや》はアマデオを招《まね》き入れる。

そこは雑然《ざつぜん》とした部屋だった。錆《さ》び付いた剣《けん》や鎧《よろい》が無造作《むぞうさ》に置かれ、鋤《すき》や鍬《くわ》が壁際《かべぎわ》に立てかけられている。天井《てんじょう》からは、ロープや鎖《くさり》や網《あみ》が垂《た》れ下がり、身を屈《かが》めなければ歩けそうになかった。いくつかの木箱や樽《たる》が積み重ねられ、安物の編《あ》み籠《かご》が放り出されていた。

まるで、整理の悪い倉庫のような有様だ。

やや唖然《あぜん》とした様子で室内を見回しているアマデオの背後《はいご》で、老爺が扉を閉《し》め、鍵をかける音がした。

「いつまでそんなところに立っとるつもりじゃ？　奥《おく》へ入りなされ」

老爺はアマデオの脇《わき》をすり抜《ぬ》け、部屋の奥にあったテーブルの椅子《いす》に座《すわ》った。骨董品《こっとうひん》と言ってもよいくらいの使い込まれた揺《ゆ》り椅子だ。

「まあ、座んなされ」

と、アマデオにテーブルを挟《はさ》んだ向かい側にある長椅子を勧《すす》めた。こちらはまだ新しい。

「ああ、どうも」

椅子に座ると、老爺は改《あらた》めてアマデオの顔をまじまじと見つめた。

「おまえさんは、見ない顔じゃな。冒険者《ぼうけんしゃ》でも盗人《ぬすっと》でもないようじゃが、あの合言葉はだれから教わった？」

「だれからだろうと関係ないだろう？　それよりも、ほしいものがあるんだ」

「そういうわけにはいかん。おまえさんがどこのだれかもわからないで商売したんじゃあ、後日、思わぬところから恨《うら》みを買いかねんからな」

「…………たとえば、貿易商《ぼうえきしょう》ギルドからか？」

「なんじゃと？」

老爺の顔色が変わった。不穏《ふおん》な気配が周囲に漂《ただよ》ったが、アマデオはあえてそれを無視して言葉を続けた。

「〈沈黙《ちんもく》の紳士《しんし》〉会館からの帰途《きと》、ひとりの商人が襲《おそ》われて殺された。現場《げんば》には、〝炎晶《ファイア・クリ》石《スタル》〟の爆発《ばくはつ》によるものと見られる痕跡《こんせき》が残っていた。あんた、その犯人《はんにん》に〝炎晶石〟を売ったんじゃないのか?」

　途端《とたん》に、老爺は笑い出した。

「ほっほっほっほっ。これはまた、まっすぐな坊《ぼう》やじゃな。そんなことを聞くところを見ると、おまえさんは貿易商ギルドの者じゃな？　さしずめ、会館の雇《やと》われ者というところじゃろうが、フェルゴやベラがおまえさんのような青二才を来させるとは思えんな。おおかた、功《こう》にはやって抜け駆《が》けしてきたというところじゃろ」

「…………」

「うむ。都合が悪くなると、今度は口が利《き》けなくなったかの？　それだけで、図星を言い当てられたと言っているようなもんじゃぞ？」

「……だから、なんだ！」

　ゆるゆると、まるで真綿《まわた》で首を絞《し》めて楽しんでいるような口調で言う老爺に、アマデオは苛立《いらだ》ちを隠《かく》し切れずに怒鳴《どな》った。

「ほうほうほう。お次は脅《おど》しか。まったく月並《つきな》みな反応《はんのう》じゃな。じゃがな、若いの。おまえさん程度の脅しを怖《こわ》がっていたんでは、この商売はできんのじゃ。むろん、貿易商ギルドも同じじゃ。なんといっても、ワシは闇商人なんじゃからの」

「しゃべる気はないってことか？」

アマデオの手が剣《けん》にかかる。

それを目聡《めざと》く一瞥《いちべつ》し、老爺は顔をしかめた。

「これじゃから若い者は困《こま》るのう。そう慌《あわ》てるでないわ。だれも取り引きせんとは言っておらんじゃろう？　商売の相手となれば、どこの組織《そしき》の者だろうが関係はないからの」

「……さっきは、だれとでも取り引きできないとか言ってなかったか？」

疑《うたが》わしげなアマデオの視線《しせん》に、老爺は肩《かた》をすくめる。

「危険《きけん》と利益《りえき》。要はどちらに天秤《てんびん》が傾《かたむ》くかという問題じゃ。おまえさんがほしいのは、ワシがだれに〝炎晶石〟を売ったかという情報じゃろう？　となると、それをしゃべった場合にワシに降《ふ》りかかるかもしれん危険も推《お》し量《はか》れるというものじゃ。さて、おまえさんはどれくらいワシを儲《もう》けさせてくれるのかのう？」

「どのくらい出せば、その危険を引き受けてくれる？」

「さてのう」

老爺は品定めをするように、アマデオを見た。揺り椅子の背《せ》にもたれ、大きく身を反《そ》らして足を組む。

「まあ、最低でもこれくらいじゃな」

と、三本の指を立てて見せた。

「三百ガメルか、わかった。払《はら》おう」

「人をバカにするもんではないぞ、若いの。なんで、このワシが三百ぽっちで命を賭《か》けるもんかね。老いたりとはいえども、そこらのチンピラと同じにせんでくれ」

「なら、三千だな?」

アマデオの問いに、老爺はふたたび首を振《ふ》った。

「三万じゃ」

老爺が軽く宣言《せんげん》した金額《きんがく》に、アマデオは思わず言葉を失い、次いで怒《いか》りがふつふつとわき上がってきた。テーブルを激《はげ》しく叩《たた》いて大声を上げる。

「ふざけるな! 情報《じょうほう》ひとつにそんな金額が払えるか!」

「そう思うのは、おまえさんが情報の価値《かち》を知らんからじゃよ。さらに言うと、ワシの命に危険が及《およ》ぶかもしれん取り引きじゃ、このくらいの金額は、まあ当たり前というところじゃろう。いやなら、尻尾《しっぽ》を巻《ま》いて帰るんじゃな、青二才」

「な……」

アマデオがなにか言い返そうとしたとき。

老爺はわずかに身を起こし、皺《しわ》に埋《うず》もれた細い目から射竦《いすく》めるような視線を放った。

「偉《えら》そうな口を利《き》くのは、すこし頭が使えるようになってからにするんじゃな。生きてここを出られるだけでも儲けものと思って素直《すなお》に帰りな、坊《ぼう》や。そして、フェルゴかベラにでもこの話を伝えて、三万ガメルを出してもらうがええ。そうしたら、そいつが〝炎晶石〟以外に何を買っていったかも教えてやるわい」

「〝炎晶石〟以外にも、なにか買ったのか？」

「これ以上は金をもらってからじゃ。なあに、払うもんを耳揃《そろ》えて持ってくりゃあ、門前払いにはせんさ」

凄《すご》みのある声が、この老いた闇商人《やみしょうにん》が無駄《むだ》に時を費やして生きてきたのではないことを証明《しょうめい》していた。

アマデオはなにも言えず、ただ黙《だま》って拳《こぶし》を握《にぎ》りしめていた。

「三万ガメル？　それが、あんたの命の値段《ねだん》？」

ふいに、若い女の声がした。

「なっ！　だれじゃ！」

驚《おどろ》き、揺《ゆ》り椅子《いす》の背越しに老爺が振り返った瞬間《しゅんかん》、アマデオは部屋の奥《おく》の暗がりから人《ひと》影《かげ》が恐《おそ》ろしい速度《そくど》で滑《すべ》り出してくるのを見た。

アマデオが警告《けいこく》の声を発する暇《ひま》もなく、不吉な銀光が閃《ひらめ》いたかと思うと、刃《やいば》が老爺《ろうや》の右目をえぐっていた。

「ぎゃあああ！」

絶叫《ぜっきょう》を上げ、大きく仰《の》け反《ぞ》った老爺の右の眼窩《がんか》から眼球が破《やぶ》れ落ちた。皺《しわ》が刻《きざ》まれた枯《か》れ枝《えだ》のような手が、傷口《きずぐち》を押《お》さえる。

「な、なななな、なんじゃ、貴様《きさま》は！」

と、年老いた闇商人がわめいた。

しかし、人影はそれには答えなかった。短剣《たんけん》が老爺の喉笛《のどぶえ》を切り裂《さ》く。鮮血《せんけつ》が降《ふ》り注ぎ、闇商人の身体《からだ》は揺り椅子から転がり落ちて床《ゆか》に横たわった。

「三万ガメル……悪いけど、持ち合わせがないわ」

人影は、血溜《ちだ》まりのなかにうつぶせに倒《たお》れ、動かなくなった老爺を一瞥《いちべつ》し、アマデオのほうに視線《しせん》を向けた。

長い黒髪、ほっそりとした身体を包む黒装束《くろしょうぞく》、そして闇を写し取ったようなその双眸《そうぼう》。

アマデオはその少女を知っていた。

雨の夜、川に落ちて姿《すがた》を消した女暗殺者。

アマデオは剣を抜《ぬ》き、立ち上がった。

「……生きていたのか」

「運良くね」

と、少女は言った。短剣をひと振りして、刃《やいば》にべっとりとついた血を飛ばす。

「用心棒《ようじんぼう》はどうしたんだ？」

アマデオは、ちらりと奥《おく》の暗がりを見た。壁《かべ》の一部が開き、その向こうにかすかな灯《あか》りが見える。

『隠《かく》し部屋があって、常《つね》に五、六人の腕利《うでき》きが息を潜《ひそ》めているらしい』

情報屋から聞いていた話だ。

「始末《しまつ》したわ」

「全員を、ひとりで、か？」

「どんなに喧嘩《けんか》に強いヤツでも、毒入りの酒を飲めば死ぬわ」

少女は懐《ふところ》から小瓶《こびん》を摘《つま》み出し、そして指を離《はな》した。

血溜まりのなかに落ちる小瓶に、アマデオの気が逸《そ》れた一瞬の隙《すき》を突《つ》いて、少女は身軽な動作でテーブルを飛び越《こ》えた。

アマデオが反射的《はんしゃてき》に突き出された剣をよけ、少女はその右腕《みぎうで》を脇《わき》に抱《かか》え込《こ》むと、勢《いきお》いに任《まか》せて押し倒《たお》す。

背中《せなか》から床に落ち、思わず咳《せ》き込んだアマデオの首筋《くびすじ》に血染《ちぞ》めの刃がぴたりとあたった。

「剣を離せ！」

顔に息がかかるほどの距離《きょり》で少女は言った。その華奢《きゃしゃ》な身体は、アマデオの上に馬乗りになっていた。少女のぬくもりと鼓動《こどう》が、衣服ににじむように伝わってくる。

「はやくしろ」

刃が首の皮を切った。

アマデオは、無言で剣を捨《す》てる。

と、少女は冷ややかな笑みを浮《う》かべた。

「あんた、よくそんなんでいままで生きてこれたわね？　どうせ、前のあの男がそうしてくれたみたいに、だれかにかばってもらってきたんだろうけど」

あの夜、自分を助けるために凶刃《きょうじん》の犠牲者《ぎせいしゃ》となった仲間の姿《すがた》を思い出し、アマデオの両目に怒《いか》りの炎《ほのお》が揺《ゆ》らめいた。

「……なぜ、殺すんだ！」

アマデオは憎《にく》しみを嚙《か》み殺すように言った。

「前にも言ったはずね。あんたたちは、あたしの大切な仲間を殺した。だから、あたしは

あんたたちを殺すのよ」

　少女の瞳《ひとみ》に憎悪《ぞうお》がよぎる。

「なら、オレだけを殺せばいい。なぜ、関係のない者まで殺したんだ？」

「関係ない者？　そこで転がってるじじいのことなら、無関係じゃないわ。秘密《ひみつ》を知っているもの」

「じいさんから〝炎晶石《ファイア・クリスタル》〟を買い取って、おまえにやったヤツのことか？」

　アマデオの言葉に、少女は瞠目《どうもく》した。

「…………どうして、あたしが買ったんじゃないとわかった？」

「殺される直前、じいさんがおまえに向かって『なんだ、貴様《きさま》は』って叫《さけ》んでたからだ。おまえの顔に見覚えがなかったってことだろう？」

「なるほどね。あんた、意外に頭はいいわ」

　口元を歪《ゆが》めて笑う少女。

「なぜ、殺したんだ！　秘密を守りたいなら、口止めする方法はほかにもあったはずだ。それに、あっちの隠《かく》し部屋にいた連中も、殺す必要なんてなかっただろう？」

「生きている限《かぎ》り、しゃべられる危険《きけん》がある。だから、殺す。じじいを殺すなら、用心棒は邪魔《じゃま》だ。だから、殺す。なにも不思議はないわ。殺すのが、一番確《たし》かなんだから――あのエルフからそう教えてもらわなかった？」

「主任《しゅにん》は、そんなことはしない！」

思わず身を乗り出しそうになりながら、アマデオは声を荒《あら》げた。

が、少女は冷ややかにそれを受け流す。

「大した甘《あま》ちゃんね。それとも、あの女にすっかりのぼせ上がってるってわけ？　言っておくけど、あたしがあの女と同じくらい冷酷《れいこく》だったら、こんな無駄話《むだばなし》をしている暇《ひま》もなく、あんたはあの世行きだよ？」

そう言うと、少女はゆっくりと注意深く上半身を起こした。そして、いわくありげな笑みをこぼす。

「でも、残念。あたしって残酷なの」

「なに？」

アマデオが眉《まゆ》を寄《よ》せた刹那《せつな》、左腕《ひだりうで》に鋭《するど》い痛《いた》みが走った。とっさに少女を払《はら》いのけようとした右腕が空《くう》を切る。少女は、素早《すばや》く横に転がってアマデオの上から逃《のが》れていた。

「くそっ……」

うなるように吐《は》き捨《す》て、身を起こそうとしたアマデオだが、ふたたび左腕に激痛《げきつう》を感じて床《ゆか》に倒《たお》れた。

見ると、手首を刃《やいば》が貫《つらぬ》いて床《ゆか》につなぎ止めていた。

「右腕も」

少女の声と同時に、右の手首が貫かれる。

アマデオは悶絶《もんぜつ》したが、それで終わりではなかった。右足、左足と痛みは続く。

「両足の腱《けん》も切ったわ。もう逃《に》げられないわよ」

という少女のささやきを最後に、アマデオは気を失っていた。

沈黙《ちんもく》したベラに、

「心配しなくても、坊《ぼう》やは死にはしないと思うわ」

と、肘掛《ひじか》け椅子《いす》にゆったりと身をもたせかけたまま、ラミアは茶化《ちゃか》した口調で言った。

「だって、ほかならぬあなたと戦うことになるんですもの、人質《ひとじち》はほしいはずでしょ？」

「別に、アマデオの生死について不安を抱《いだ》いていたわけではありません。ただ、ラミア様の推測《すいそく》が当たるかどうかは、五分五分だと思っております」

「あら、どうして？」

ラミアは興味深《きょうみぶか》そうな笑みをつくる。

「……ラミア様ならわたしと対するのに人質をお取りになりますか？」

「う〜ん。たぶん、取らないわね。あなたと正面切って戦えば、まあ、あたしが勝つはずだし。第一、人質なんて無意味でしょう？　むかし、人質になった仲間ごと敵《てき》を皆殺《みなごろ》しにしたことがあったって聞いているわ」

「今度の相手も、そう思っているかもしれません」

「確《たし》かに、あり得るわね。それじゃあ、あの坊や、殺されるかもしれないわよ。いいの？」

「そうなったとしたら、それはアマデオに運がなかったということです」

「ふふふ。冷たいのね。坊やもかわいそうに。せっかく、故郷《こきょう》を捨《す》ててまで、あなたを追ってきたっていうのに報《むく》われないわ」

「わたしが強要したわけではありません」

「坊やも、ひどい女に引っかかったものだわ」

「…………」

　ベラはなにも言わなかった。

　ラミアは肩《かた》をすくめる。

「まあ、いいわ。どうせ、今回はあなたが心のなかではそう読んでいる通り、坊やは死なないでしょうから」

「なぜ、そう思われるのですか？」

「坊やを人質に取って動くなと脅《おど》しても、あなたは平気で動くでしょうけど。人質がいるから、ここまで取り返しに来いと言えば来るでしょう？　犯人《はんにん》を殺しに」

つまり、相手はアマデオを餌《えさ》にしてベラを誘《さそ》い出そうとするだろうというのだ。

「あなたも苦労するわねえ、ベラ。犯人のために、自分を誘い出すための餌までわざわざ用意してあげるんだから」

「否定《ひてい》は無意味なようですね」

「わかってるじゃない」

恐縮《きょうしゅく》するベラに、ラミアは目を細めた。

と、扉《とびら》の外に複数《ふくすう》の足音が近づいてくるのが聞こえた。抵抗《ていこう》するだれかを、数人で無理やりに引きずってきているかのような騒《さわ》がしい気配がする。

「どうやら、来たようね」

ラミアの言葉が終わる前に扉が開かれ、ひとりの若《わか》い男が両脇《りょうわき》を屈強《くっきょう》な男に抱《かか》えられて入ってきた。優男風《やさおとこふう》の端正《たんせい》なその顔には明らかな暴力《ぼうりょく》の痕跡《こんせき》があった。

両脇を抱えたラミアの配下たちは、この哀《あわ》れな男を女主人の前に放り出す。男は、絨毯《じゅうたん》の上に転がり、この乱暴な扱《あつか》いに対する抗議《こうぎ》の色を宿した目でラミアとベラを見渡《みわた》した。

「んーんーんー！」

怒《おこ》ったようななにかをわめくが、猿《さる》ぐつわをかまされているためにその意味は判然《はんぜん》としない。

「外《はず》して」

ラミアが短く命じると、それは即座《そくざ》に実行された。

「なんだ、おまえら！　なんのつもりだ！」

途端《とたん》に、男は怒《いか》りの声を上げた。息からは、かすかに酒の臭《にお》いがする。どうやら、一杯《いっぱい》やっていたところを捕《と》らえられ、ここまで連行されてきたらしい。

「ラミア様。この男は？」

ベラは男の抗議《こうぎ》を黙殺《もくさつ》した。

ラミアは、すこし勿体《もったい》つけるように男の顔を一瞥《いちべつ》し、

「黄金の車輪の偽物《にせもの》をつくった命知らずよ」

と、言った。

一瞬《いっしゅん》、ベラの顔に驚愕《きょうがく》の表情《ひょうじょう》がよぎる。それを見て、ファンドリアの都でもっとも恐《おそ》ろしい女のひとりは満足げに微笑《ほほえ》んだ。

「ああ？　黄金の車輪だって？　なんのことだよ！」

ベラとラミアの顔を交互《こうご》に見ながら、男がわめく。

「見せてあげて、ベラ」

無言でうなずき、ベラは男の前に膝《ひざ》をついた。

剣《けん》の柄《つか》に巻《ま》き付けた組紐《くみひも》の先についている飾《かざ》りを手のひらの上に載《の》せて示《しめ》す。中央にガメル金貨を嵌《は》め込《こ》んだ鉄製《てっせい》の車輪――ベラたち冒険者《ぼうけんしゃ》パーティの呼《よ》び名の由来《ゆらい》となった黄金の車輪の飾りだ。

「見覚えがあるはずです」

言われて、男はその飾りをまじまじと見つめた。

「おお、覚えてるぜ。同じようなのを頼《たの》まれてつくってやったよ。けど、俺《おれ》のつくったほうのがいいデキだ。それが、どうした？　いったい全体、なんだって、俺がこんな扱《あつか》いを受ける理由があるってんだ？　だいたい、あんたらは何者だよ！」

眉《まゆ》をしかめ、威嚇《いかく》するようにふたりの女を睨《にら》みつける男。

自分が猛獣《もうじゅう》に囲まれているとも知らずに吠《ほ》え立てる子犬。そんな印象だ。

そして、この身の程《ほど》知らずの子犬をそのまま許《ゆる》しておくほどラミアが寛容《かんよう》ではないことを、ベラは知っていた。

ラミアは、スッと唇《くちびる》を広げて笑《え》んだ。

その毒蛇《どくじゃ》のような笑みに、男が凍《こお》り付くのがわかった。

ラミアの手が、ベラの肩《かた》に触《ふ》れた。

「ベラ。悪いけど、あたしに譲《ゆず》ってくれる?」

「はい。お心のままに」

ベラが後ろに下がると、ラミアは代わって男の前に身を沈《しず》めた。

茶褐色《ちゃかっしょく》の瞳《ひとみ》が、蠱惑的《こわくてき》とすら言ってもよいほどの甘美《かんび》な輝《かがや》きを湛《たた》えて男を見つめる。

「な、なんだよ」

と、男は頰《ほお》を赤くした。

ラミアは優雅《ゆうが》な仕草《しぐさ》で男の右手を取ると、手の甲《こう》から小指の先までをそのしなやかな人差し指の先でなぞった。

「あたしは、これでも心が広いの。だから、あなたの質問《しつもん》にひとつひとつ、ちゃんと答えてあげるわ」

と、男の小指をそっと摘《つ》まむ。

「まず、ひとつめ」

ポキッ!

軽い音がして、男の小指が折れた。

「ぎゃあああっ！」

男は悲鳴を上げ、ラミアの手を振《ふ》り払《はら》って逃《に》げようとしたが叶《かな》わなかった。

ラミア配下の屈強《くっきょう》な男たちが左右から男を押《お》さえつけたのだ。床《ゆか》の上に潰《つぶ》された男は苦《く》痛《つう》のために顔を歪《ゆが》めながら、口をパクパクとさせて喘《あえ》ぐ。強く押さえつけられているために、胸《むね》が圧迫《あっぱく》され、呼吸《こきゅう》が難《むずか》しくなっているのだ。

恐《おそ》ろしい魔獣《まじゅう》と同じ名で呼ばれる美女は、男を酷薄《こくはく》な瞳で眺《なが》めながら言葉を続ける。

「あなたは、一ヶ月ほど前にロマールからファンドリアに流れてきたばかりだから知らないでしょうけど、あの飾りは〈黄金の車輪〉と呼ばれた冒険者たちが身につけていたことで、この街の人間なら知らない者はいないほど有名なものなの」

ロマールはファンドリアの南に位置する国だ。街道を行くなら馬車で七日ほどの距離《きょり》にあるが、虎視《こし》眈々《たんたん》とアレクラスト大陸中原《ちゅうげん》地方の覇権《はけん》を狙《ねら》う国同士、交流はあまり盛《さか》んではなく、商人たちがわずかに行き来するくらいだった。

「で、ここにいるベラはその〈黄金の車輪〉のひとりで、いまは貿易商《ぼうえきしょう》ギルドの顔役の下で重要な地位に就《つ》いている怖《こわ》い人なの。わかった？」

「わ、わかった。わかったから、離《はな》してくれ」

念を押すようなラミアの問いかけに、男は涙目《なみだめ》になりながらうなずいた。

「じゃあ、ふたつめ」

ボキッと、今度は薬指が折れた。ふたたび、男が絶叫《ぜっきょう》する。

「や、やめ、やめて！」

「この飾りをつけただれかさんが悪さをしているせいで、ベラが犯人《はんにん》じゃないかと疑《うたが》われてとても迷惑《めいわく》しているの。ついでに言うと、その悪さのせいであたしのかわいい部下が死んでいるわ。これは、とても見過《みす》ごしにできないことよ。だから、この飾りの偽物《にせもの》をつくったあなたを探《さが》させて、ここまで連れて来させたわけ。ここまでは、いいかしら？」

男は痛《いた》みと息苦しさのために額《ひたい》に汗《あせ》をかき、真っ青《さお》な顔をしながら、何度も首だけを縦《たて》に動かして必死に意思を伝えようとしていた。

「それは、よかったわ。次はみっつめね」

中指が折れたが、今度は男は悲鳴を発しなかった。白目《しろめ》を剝《む》き、ぶるぶると震《ふる》えている。失神寸前《すんぜん》というところだろう。

ベラは、ラミアの顔に浮《う》かぶ鮮烈《せんれつ》な笑みを見た。

ラミアは、ただ指を折っているのではない。どこを、どうやって折れば苦痛が増《ま》すか、いかに気絶《きぜつ》する寸前の状態《じょうたい》を維持《いじ》できるかをよく心得ている。

「あなたがこんな扱《あつか》いを受けるのは、あなたがこの国では知っていなくてはならないことを知らなかったから。〈黄金の車輪〉を知らず。ベラを知らず。盗賊《とうぞく》ギルドの幹部《かんぶ》であり、〝百顔《ひゃくがん》のラミア〟と呼《よ》ばれるあたしを知らなかった。そして、黄金の車輪の偽物をつくることがいかに危険《きけん》なことであるかを知らず。あまつさえ、この状況下《じょうきょうか》で、あたしやベラに対してさっきみたいな口を利くことが、どんなに命知らずな行いであるかを理解《りかい》していなかった」

と、ラミアは冷ややかに言った。

すでに、男の顔は涙とよだれとでぐちゃぐちゃになっていた。唇《くちびる》が紫色《むらさきいろ》になりつつある。

しかし、ラミアは構《かま》わず言葉をつないだ。

「ロマールやベルダインではどうだか知らないけど、このファンドリアでは知らないということは罪《つみ》なの。だから、あなたは罰《ばつ》を受けているのよ」

そして、ラミアは男の人差し指を折る。

「これが、最後。あなたには、どこのだれが、あなたにその偽物の飾りをつくらせたかということを鳴いてもらいたいの。まだ鳴けるわね、子犬ちゃん？」

「…………」

男は口だけを、弱々しく動かしたが、声は聞き取れなかった。

ラミアが目配せをすると、男を押さえていた配下のひとりが離れた。別の配下が水の入ったジョッキを持ってきて、男の顔にぶちまける。

「さあ、これで気分もはっきりしたわね、子犬ちゃん？　さっさと鳴きなさい。あたしの優《やさ》しさにも限《かぎ》りがあるわ」

「……も、モーランて、名前の男だ」

いまにも消え入りそうな声で、男は言った。

「モーラン？　どんな男？」

「痩《や》せて、右の頬《ほお》に傷《きず》がある、男だった」

ラミアはふと目を細めると、

「ほかに特徴《とくちょう》は？」

と、質問《しつもん》を重ねた。

「…………左手の甲《こう》に、ドクロの入れ墨《ずみ》が」

「なるほど。わかったわ」

ラミアは立ち上がり、ベラのほうを振《ふ》り返った。

「右頬に傷を持つ男は、このファンドリアでは珍《めずら》しくもないわ。でも、左手の甲にドクロの入れ墨までしているヤツには心当たりがあるわ。そいつは、あたしを目の敵《かたき》にしている盗賊ギルドの幹部《かんぶ》の手下」

と、ため息を吐《つ》くと、ラミアは憎々《にくにく》しげに眉《まゆ》を寄《よ》せた。

「暗殺者の生き残りがあなたに復讐《ふくしゅう》するために、今回の事件《じけん》を起こしたと思っていたんだけど、どうやら予想よりも根は深かったらしいわ。もしかしたら、あなたを巻《ま》き込んでしまったのは、あたしのほうだったかもしれない」

「いいえ。もし、黒幕《くろまく》がラミア様の仇敵《きゅうてき》の方であったとしても、やはり実行犯《じっこうはん》はあの女暗殺者に間違《まちが》いないでしょう。おそらく、ふたりの利害が一致《いっち》したことで、今回の企《くわだ》てが成立したものと思います」

「あなたなら、そう言ってくれると思っていたわ。ベラ」

ラミアはわずかに頬を緩《ゆる》める。

「でも、そうなると。その暗殺者の居場所《いばしょ》、この男は知らないわね」

「おそらく」

ベラは、ラミアの意見に同意した。

ラミアが手をひらひらと振る。一斉《いっせい》に、その配下たちが短剣《たんけん》を抜《ぬ》いた。

ベラは踵《きびす》を返し、肘掛《ひじか》け椅子《いす》のほうに戻《もど》っていくラミアの後に続いた。

背後《はいご》で、刃《やいば》が肉を貫《つらぬ》く音がいくつも聞こえたが、もはや悲鳴はなかった。死が、素早《すばや》く彼をその苦しみから解放《かいほう》したのだ。

死体は、そのまま絨毯《じゅうたん》にくるまれ、部屋から運び出されていく。

「殺してしまって、よろしかったのですか？」

「証人《しょうにん》だから？　必要ないわ。わかってるはずよ、ベラ。この国では、そんなものに意味はないの。どちらの側に力があるか、ただそれだけよ」

「失礼ながら。ラミア様と、その方では、どちらの力が上回るのでしょう？」

「あの汚水《おすい》に棲《す》みついた下衆野郎《げすやろう》の目的は、あたしとフェルゴとを共食いさせること。たぶん、適当《てきとう》なところでしゃしゃり出てきて、仲裁《ちゅうさい》する芝居《しばい》でも打つつもりなんでしょう。で、その見返りにあたしのシマを横取り。そんなところよね？」

ベラは無言のまま首肯《しゅこう》した。

「まともな方法であたしに勝てると思うなら、こんな面倒《めんどう》な企《くわだ》ては必要ないんじゃない？」

やや不機嫌《ふきげん》にラミアはそう言った。

つまり、現時点《げんじてん》では自分の力のほうが敵《てき》を上回っている、とラミアは推測《すいそく》しているのだ。

そして、それはおそらく正しいだろう。

「すぐに、あのバカな飲んだくれに黄金の車輪の偽物《にせもの》をつくるよう依頼《いらい》した男を押さえるわ。そうしたら、下衆野郎と話をつける。暗殺者はヤツの庇護下《ひごか》にあるかもしれないけど、引き渡《わた》すように要求するから。ベラ、あとはあなたが好きなようにしていいわよ」

「お骨折《ほねお》り、感謝《かんしゃ》いたします。ラミア様」

淡々《たんたん》とした口調で謝辞《しゃじ》を述《の》べ、ベラは丁重に頭を下げた。

「いいのよ。さっきも言ったけど、あたしがあなたを巻《ま》き込《こ》んだようなものなんだし。どうしても気になるっていうなら、貸《か》しにしておいてあげるから、またなにかで返して頂戴《ちょうだい》」

「はい」

顔を伏《ふ》せた姿勢《しせい》のままベラが答えたとき。

音もなく、影《かげ》のひとりがラミアの傍《かたわ》らに歩み寄《よ》った。

「ラミア様。どうやら獲物《えもの》が食いついたらしくございます。手の者からのつなぎによりますと、都郊外《みやここうがい》の川沿いにある空き家に入ったとのこと」

「だ、そうよ」

ラミアはどこか楽しげに、心の奥底《おくそこ》をのぞき込もうとするような視線《しせん》をベラに向けた。

「川沿いの空き家ですか。そこまでは、配下の方に案内をお願いできますでしょうか？」

「いいわよ。いますぐ、いくのね？」

「はい」

「じゃあ、あたしのほうはモーランを探《さが》させておくわ」

「お願い致《いた》します」

ふたたび一礼し、ベラは踵《きびす》を返した。足早に扉《とびら》へと向かう。

ラミアの暗黙《あんもく》の指示《しじ》を受け、影のひとりがベラを追った。

「久《ひさ》しぶりね、あなたのあんな顔を見たのは」

影からの報告《ほうこく》を耳にして顔を上げたベラの、その瞳《ひとみ》に皓々《こうこう》と輝《かがや》く凄《すさ》まじいまでの殺意を思い出し、〝百顔の〟異名《いみょう》を持つ女は、扉の向こうに消える金色の髪《かみ》を見送りながら薄《うす》く笑っていた。

第4章 ダークエルフの口づけ

～死すべき者はだれか？

「さようなら」

エビータは、窓《まど》を開けて夜気を室内に入れた。

すこし肌寒《はだざむ》い。

滑《すべ》り込《こ》むように吹《ふ》いてきた風が、頰《ほお》を撫《な》で、蜂蜜色《はちみついろ》の髪《かみ》をそよがせた。

灰《はい》色の雲の切れ端《はし》が、月の前をゆっくりと流れていく。

コンコン……

扉《とびら》を叩《たた》く音がした。

エビータは振《ふ》り返った。風に誘《さそ》われて顔にかかったほつれ髪を、そっとかき上げる。

「はい。どなたですか?」

「ビアンカでございます。お嬢様《じょうさま》」

返事をしたのは、しっとりした女性《じょせい》の声だ。

エビータは、ぱっと輝《かがや》くような笑顔になった。

「入ってもかまいませんよ」

「失礼いたします」

扉が開き、ひとりのくすんだ赤い髪の二十歳《はたち》くらいに見える女が入ってくる。黒のワンピースに、フリルが施《ほどこ》された白のエプロンをつけた女召使《めしつか》いだ。服にほとんど装飾《そうしょく》がなく、総《そう》じて古風な印象があるのはララサベル公爵家《こうしゃくけ》の伝統《でんとう》だった。唯一《ゆいいつ》、小さな半透明《はんとうめい》な赤みを帯びた黄色の宝石を嵌《は》めた指輪だけが女性らしい白く繊細《せんさい》な指を飾《かざ》っていた。

「物音が聞こえましたので、ご様子をうかがいに参《まい》りました。お休みでございましたか？」

「いいえ。すこし怖《こわ》い夢《ゆめ》を見て、目が覚めてしまって。風にあたっていました」

「悪い夢を？　それはおつらかったですね。朝までビアンカが側《そば》に控《ひか》えておりますので、どうか安心してお休みください」

「ビアンカがいてくれるなら、心強いです。でも、もうすこし風にあたっていたいの。なんだか、眠《ねむ》れる気がしなくて」

「左様《さよう》でございますか」

かすかに心配げな表情《ひょうじょう》をしてから、ビアンカはなにかを思いついたように微笑《ほほえ》んだ。

「それではお茶でもご用意いたしましょう。月明かりの下でのお茶会も、たまには楽しゅうございますよ」

「素敵《すてき》ですね。では、お願いします」

「はい。少々お待ちください」

ビアンカは一礼して下がった。

お茶を待つ間に、エビータは薄手《うすで》の肩掛《かたか》けを羽織《はお》り、軽く髪を束ねた。飲み物に髪の毛が入ってしまわないように。

それからバルコニーに出る。風を身体《からだ》いっぱいに受けると、嫌《いや》な気分がきれいに洗《あら》い流された気がした。

「テーブルを出したほうがよろしいですね」

と、後ろからビアンカの声がした。

白い陶器《とうき》のポットとカップを銀の盆《ぼん》に載《の》せたビアンカが、部屋からバルコニーへと開いた窓のところに立っていた。

「はい」

「では、すぐに用意いたします」

いったん盆を寝台横《しんだい》の小さな机《つくえ》の上に置き、丸い白木のテーブルをバルコニーに運んだ。

エビータが椅子《いす》を持ち上げる。

「お嬢様。どうぞ、そのままに。ビアンカが運びますので」

「いいえ。これはわたくしが運びます。ビアンカは、もうひとつ椅子を持ってきて。それから、悪いんだけれど、カップももうひとつ。お茶会なのに、わたくしだけでいただくのは寂《さび》しいです。あなたもお付き合いしてくださいね」

ビアンカは、まるで心得ていたようににこりとした。

「実は、そうおっしゃっていただけると思い、すでに用意してあります」

「まあ、さすがビアンカですね」

「お嬢様にお仕えして、もう五年になりますから。カップは、すぐに持って参ります。ですが、その椅子はどうかビアンカにお任《まか》せください」

ビアンカは、静かにエビータの傍《かたわ》らに歩み寄《よ》った。エビータが苦労して持ち上げている椅子を、いとも軽々と受け取る。さらに片手《かたて》にもうひとつの椅子を持ち、バルコニーに移《うつ》したテーブルのところに運んだ。

「ビアンカにはかないませんね」

エビータはため息を吐《つ》いたが、その顔はうれしそうだった。

ビアンカがカップを持ってきて、お茶会となる。エビータとビアンカは、テーブルを挟《はさ》んで向かい合って座《すわ》った。

ビアンカがお茶を注いだカップを、エビータの前に差し出す。

「いい香《かお》り」

月光を受けて瑠璃色《るりいろ》にきらめくお茶からは、芳《かぐわ》しい香りがしていた。

「心を落ち着ける香りのする香草《こうそう》を加えました。きっと、ぐっすりお休みになれますよ」

「気を遣《つか》ってくれたのですね。ありがとう」

「お嬢様《じょうさま》の安らぎが、ビアンカの安らぎでもありますから」

ビアンカの言葉に、エビータは顔を赤らめて幸せそうな笑みを浮《う》かべた。

そして、エビータはカップを傾《かたむ》けた。

ユセリアス山脈《さんみゃく》の高地で採《と》れる味わい深いお茶に、香草の優《やさ》しく甘《あま》い香りがとても合っている。

「おいしい」

と、エビータは素直な感想を口にした。

「当然でございます」

ビアンカは胸《むね》を張《は》った。

エビータは目を丸くして、それからクスクスと笑った。ビアンカも笑う。

ふたりは、しばらく楽しい時間を過《す》ごした。

「んん……ふあ」

エビータはあくびをした。にじんだ涙《なみだ》を拭《ぬぐ》いながら、目をしばたかせる。

「そろそろ眠《ねむ》くなってきたのではございませんか、お嬢様?」

「はい。すこし……眠いです。ビアンカの香草が効《き》いたのかもしれません」

首肯《しゅこう》して、エビータはもう一度あくびをした。

どんどん眠気が強くなっていく。

「では、お休みください。ここはビアンカが片づけておきますので」

「そうですね。お願いします」

エビータはうなずいて立ち上がったが、睡魔《すいま》のせいか足元がふらついた。

「大丈夫《だいじょうぶ》ですか、お嬢様？」

慌《あわ》ててビアンカが支《ささ》える。

「はい。大丈夫です」

エビータはそう答えたが、やはりふらふらしていた。

「ビアンカが寝台までお連れします」

「ありがとう。ごめんなさいね、ビアンカ」

「いいえ」

にっこりとして、ビアンカはエビータを半ば抱《だ》きかかえるようにして寝台に運んだ。丁《てい》重《ちょう》に横たえる。

「ねえ、ビアンカ」

名を呼《よ》ばれ、ビアンカは掛け布《ぬの》をかけようとしていた手を止めた。

まどろみに入りかけて、半分閉《と》じかけた目でエビータがビアンカを見上げていた。

「はい。お嬢様」

「さっき、怖《こわ》い夢《ゆめ》を見たって言ったでしょう？　ある方が、よくわからないどこか真っ暗なところで倒《たお》れていて、血がいっぱい出ているのです。いまにも死んでしまいそうな青い顔をして」

眠ればまた、あの夢を見てしまうかもしれない。

エビータの声には、そんな不安が表れていた。

「まあ。それは不吉《ふきつ》な夢でございますね」

「そうなのです。ですから……心配なのです」

怯《おび》えたように言うエビータに、ビアンカは優《やさ》しく微笑《ほほえ》みかけた。

掛け布で、エビータの小さな身体《からだ》を包む。

「ご心配には及《およ》びません、お嬢様。夢は逆《ぎゃく》を表すと言いますから、きっとその方は死んだりはしませんよ」

「そうで……しょうか？」

念を押《お》すように訊《き》くエビータ。

ビアンカは、とても愛《いと》しくて大切なものを見るような瞳《ひとみ》をした。

「はい。ですから、安心してお休みください」

そうして、ようやくエビータはほっと安堵《あんど》の息を吐《つ》いた。

ゆっくりとまぶたが閉じる。

「そうですね。なんだか、とても眠く…………」

「おやすみなさい。お嬢様」

眠りに落ちる前、ビアンカの温《あたた》かい声がエビータの耳に届《とど》いた。

とても、幸せな気分になった。


いくつもの亡骸《なきがら》が横たわっていた。

懐《なつ》かしい人々は、苦痛《くつう》と嘆《なげ》きの表情《ひょうじょう》を凍《こお》り付かせたまま、血で黒ずんだ地面の上に雑然《ざつぜん》と並《なら》べられている。

両親がいなかった自分に、まるで本当の家族のように優しくしてくれた人たちだ。幼《おさな》い頃《ころ》から兄弟のように育ち、いっしょに遊んだ子供たちの姿《すがた》もある。そして、たったひとりの本当の家族——祖父《そふ》として、村長として、時に厳《きび》しく、時に温かく自分を包んでくれた人がいた。

みんな、貧《まず》しかったけれど、明るく幸せに暮《く》らしていた。

しかし、ある日、突然《とつぜん》に村を襲《おそ》った盗賊《とうぞく》たちによって、大切な人たちの笑顔は引き裂《さ》かれてしまった。

『……ねえ、みんな』

と、アマデオは泣き出しそうな声で言った。

『僕《ぼく》、仇《かたき》を討《う》ったよ？　みんなを殺したやつらを殺してやったんだよ？　なのに、どうしてなにも言ってくれないんだ？　よくやったなって、どうして褒《ほ》めてくれないんだよ……』

アマデオは拳《こぶし》をぎゅっと握《にぎ》りしめた。

まぶたを閉じると、大切な人たちの笑顔がよみがえる。

——よくやったな。

そう言って頭を撫《な》でてくれた、皺《しわ》だらけだが温《あたた》かい手の感触《かんしょく》が思い出された。アマデオはその手に触《ふ》れようとしたが、できなかった。ほんのすこし前まで、求めれば与《あた》えられた優しさがあった。けれど、いまはアマデオの懇願《こんがん》に応《こた》える声すらもない。

アマデオは唇《くちびる》を噛《か》み締《し》めた。

『……みんな、ひどいよ。なにも言わないなんてひどいじゃないか。僕、がんばったのに。みんなのために、復讐したのに！　そりゃあ、お姉さんたちに手を貸してもらったけど。

でも、やつらの首領は僕がこの手でトドメをさしたんだよ？　それでもダメなの？　十分じゃないの？　まだ、殺さなくちゃいけない？』

盗賊たちは、ベラという名の冒険者《ぼうけんしゃ》とその仲間たちによって瞬《また》く間に一掃《いっそう》された。

アマデオは、仲間を盾《たて》にして逃《に》げようとした盗賊たちの首領《しゅりょう》である下劣《げれつ》な髭面《ひげづら》の男の命を、ベラから手渡《てわた》された短剣《たんけん》によって断《た》ち切った。もちろん、十一歳《さい》の少年の力でそれができるはずもなく、ベラの魔法《まほう》によって身動きできなくなった男の胸《むね》に刃《やいば》を突《つ》き立てたのだ。一度では死なず、何度も何度も刺《さ》した。やがて、男が死んだとき、アマデオの手はべっとりと血に濡《ぬ》れていたのだった。

人を殺すということが、どれほどおぞましいことか。アマデオはそれを知った。ムッとするような血の臭《にお》い、肉を刃《やいば》が貫く感触、男の絶叫《ぜっきょう》、そしてぎょろりと自分を睨《にら》む死者の眼《め》。いま思い出しただけでも、背筋《せすじ》が冷たくなり、吐《は》き気がしてくる。

それでも、アマデオは男を殺したことを悔《く》いたりはしなかった。

（みんなの仇を討ったんだ！　これでみんなが褒めてくれる）

そう思えたからだ。

『なのに……………どうして？』

涙《なみだ》がこぼれ落ちた。

『どうしたのですか？』

リンとした涼《すず》やかな声がした。

振《ふ》り向くと、金色の髪《かみ》の美しいエルフが立っていた。

『泣いていたのですね？　もしかして、後悔《こうかい》しているのですか？』

問われて、アマデオは涙を拭《ぬぐ》いながら首を振った。

『後悔なんかするもんか！　あいつらは、セラやペドロやバジルやお祖父《じい》ちゃんたちを殺したんだ。死んで当然だよ』

『では、どうして泣いているのです？　あなたはみんなの仇を討ちました。復讐《ふくしゅう》をやり遂《と》げたのですよ？』

ベラはいぶかしげな顔をする。

『うん』とアマデオはうなずいた。『僕、ちゃんとみんなの仇を討ったんだよね？　なのに、みんなはなにも言ってくれないんだ。みんなの声が全然聞こえないんだ』

『当然です。この人たちは死んでいます。死者はなにも言いません』

まるで、それが世界の絶対《ぜったい》の真理であるかのように、ベラは淡々《たんたん》とした口調で告げた。

アマデオは目をいっぱいに見開き、ベラの冷然たる美貌《びぼう》を見上げた。

『ど、どうして……どうして、そんなことを言うんだよ。みんなが、もうなにも言わないなんて。そんなことわからないじゃないか！』

震《ふる》える声で言い返した少年は、

『では、あなたは死んだ人がしゃべったのを聞いたことがあるのですか？』

と問い返されて言葉を詰《つ》まらせた。

『……もしかして、あなたはこの人たちに褒めてもらいたかったのですか？　復讐を果たして、よくやったと言ってほしかったのですか？』

『……………』

アマデオは息をするのを忘《わす》れた。うつむき、奥歯《おくば》を嚙み締める。

（そうだ。僕は、ただ褒めてほしかったんだ）

と、アマデオは知った。

仇を討って、よくやったと言って笑ってほしかった。もう一度、大切な人たちの笑顔を見たかった。復讐をすることで、それが叶《かな》うと思っていた。また、温かな手がそっと頭を撫《な》でてくれると、信じたかったのだ。

『そうだね』

と、アマデオは悲しみに震える声でつぶやくように言った。

『みんな死んでるんだね……もう、だれもなにも言わないし、笑ったりもしないんだ』

ポロポロと涙があふれてきた。

心のなかにぽっかりと真っ黒な穴《あな》が開き、それを埋《う》め合わせようとするように激情《げきじょう》が突《つ》き上げてくる。狂《くる》おしいまでのその衝動《しょうどう》に、アマデオは堪《こら》えきれずに声を上げて泣いた。

突然泣き出した少年にすこし戸惑《とまど》った様子のベラにすがりつき、泣きじゃくる。ベラは今度こそ目を丸くして驚《おどろ》きの表情を浮かべ、わずかに後退《あとずさ》ろうとした。が、少年が離《はな》さないのを知って、それをあきらめたようだった。

静かに時が過《す》ぎていった。

やがて、アマデオはしゃくるようにしながらベラを解放《かいほう》した。涙はもう出てはいないが、悲しみが癒《い》えたわけではない。泣くことに疲《つか》れただけだ。しばらく時が空けば、また激情がぶり返してきて慟哭《どうこく》を呼《よ》ぶだろう。

ふいに、ふんわりと頭に手が置かれるのをアマデオは感じた。ベラの白く繊細《せんさい》な指が、少年の黒髪を撫でていた。

『あ、あの…………』

驚いて顔を上げたアマデオを、ベラが見下ろしていた。その表情からは、この美しいエルフがなにを考えているのかは読み取れなかった。が、翠玉《すいぎょく》を思わせる緑色の瞳《ひとみ》は、まるで空を抱《だ》いて静かに眠《ねむ》る湖《みずうみ》の水面のように穏《おだ》やかに見えた。

澱《よど》んだ水の匂《にお》いが鼻についた。

「うう……」

うめき声をもらし、アマデオは目を覚ました。目前には、重苦しい闇《やみ》が横たわっている。

夢《ゆめ》を見ていたんだ、とおぼろげな意識《いしき》のなかでアマデオは思った。七年前、ベラとはじめて出会ったときの夢だ。

失われた大切な人たちの顔が脳裏《のうり》によみがえっては消える。

そんなアマデオの郷愁《きょうしゅう》を破《やぶ》り、

「気がついたんだ」

少女の声が反響《はんきょう》した。

暗闇のなかにゆらゆらと揺《ゆ》れる頼《たよ》りなげなランタンの明かりの下、細くしなやかな人影《ひとかげ》がゆっくりと歩み寄《よ》ってくるのが見えた。

ほどなく、人影の正体が明らかになった。あの黒髪の暗殺者の少女だった。

「ここは、どこだ？　君は、いったい……」

なにをするつもりなんだ、と言って身を乗り出そうとしたアマデオは、それを果たせなかった。

激痛《げきつう》が全身を駆《か》け巡《めぐ》り、アマデオは声にならない悲鳴を上げた。手首を貫《つらぬ》く短剣《たんけん》が脳裏をよぎる。手首に穿《うが》たれた傷《きず》と断《た》ち切られた両足の腱《けん》が、その存在《そんざい》を声高《こわだか》に主張《しゅちょう》しているのだ。

と、同時にアマデオは自分を拘束《こうそく》する枷《かせ》に気づいた。両腕《りょううで》を広げた十字の形に、壁《かべ》にはめ込《こ》まれた木の板に張り付けられている。手首や肩《かた》や両足に木の枷がはめられ、固定されているのだ。

「どう？　囚《とら》われの身になった気分は？　もうすぐ、あんたはあたしになぶり殺しにされるんだよ」

息がかかるほどの距離《きょり》にまで近づいて、闇色《やみいろ》の瞳《ひとみ》が憎《にく》しみと、獲物《えもの》を目の前にして愉悦《ゆえつ》に浸《ひた》る肉食獣《にくしょくじゅう》のような残酷《ざんこく》な光をたたえながら、アマデオをのぞき込んだ。

「……………」

鮮烈《せんれつ》な痛《いた》みが、緩《ゆる》やかに、じんじんとにじむような痛みへと和《やわ》らいでいくのを感じながら、アマデオは口を固く閉《と》ざしていた。

怖《こわ》くないと言えば嘘《うそ》になる。が、それを言うのは癪《しゃく》に障《さわ》った。

そんなアマデオの心を見透《みす》かしたように、「ふん」と少女は鼻で笑った。

「あんたもバカな男だね。あんな女にのぼせ上がった挙《あ》げ句《く》、結局は捨《す》て駒《ごま》として使われるんだから」

「捨て駒？　なんのことだ？」

アマデオはいぶかしげに眉を寄せた。

少女は冷ややかな目を向けたが、その唇《くちびる》からもれた言葉はアマデオの質問に対する答えではなかった。

「あんた、どうしてあの闇商人のところにいたわけ？」

「なんで、そんなことを聞くんだ？」

「答えてみればわかるわ。どうしていたのよ？」

「……わかってるはずだろう？　〝炎晶石《ファイア・クリスタル》〟を買ったやつを聞き出すためだ。それ以外になにがある」

憮然《ぶぜん》としながら、アマデオは少女を睨《にら》み付けた。

「なぜ？」

「館主の命を狙《ねら》った暗殺者のひとりが川に逃《に》げ、同じ〝炎晶石〟を使った手口で商人の馬車が襲《おそ》われた。だから、犯人《はんにん》がどこからそれを手に入れたかを追及《ついきゅう》すれば、きっと君にたどり着くと思ったんだ」

「すごい推理《すいり》だわ。でも、それってあんたが考えたことなの？」

「それは、もちろん……」

オレが考えた、と言いかけて、アマデオは口をつぐんだ。

「まさか、ね」と、女暗殺者は肩《かた》をすくめる。「あの女に吹《ふ》き込まれたんでしょう？　そして、あんたは闇商人を探《さぐ》り出し、あたしに捕《つか》まった。まったく、あの冷血なエルフの思《おも》惑通《わくどお》りというわけだわ。あんた、あたしをおびき出すための囮《おとり》に使われたのよ。実際《じっさい》、酒場を出たあたりから、あんたを尾《つ》けていた男がいたわ。あれって、あの女の手先だったんじゃない？」

その言葉に目眩《めまい》にも似《に》た衝撃《しょうげき》を受け、アマデオは息を止めた。手足の傷口《きずぐち》から流れ出した血によって、もとより青くなっていた顔がさらに蒼白《そうはく》に変わっていくのを実感した。心がどこかに流されてしまいそうだった。

が、ふいに頭を撫《な》でられたような気がして、アマデオは我《われ》に返る。むろん、少女がそんなことをするはずはなかった。

あんな夢《ゆめ》を見たからか、とアマデオは思った。あのとき、ベラが言った言葉——忘れるはずもないその言葉が、そっとささやかれるのを聞いた気がした。

「………だから、なんだ？」

決然と、アマデオは少女を見据《みす》えた。少女は不愉快《ふゆかい》そうに柳眉《りゅうび》を寄《よ》せたが、なにも言わなかった。

アマデオが言葉をつなぐ。

「もし、君の言う通りなら、今頃《いまごろ》、主任《しゅにん》はここに君がいることを知ったことになる。もうすぐ、主任が君を捕《と》らえるためにやってくるんじゃないのか？」

「ええ。あたしを殺すためにくるでしょうね。でも、勘違《かんちが》いしないほうがいい。あんたを助けるためじゃないんだから。だって、そうでしょう？　いまあんたが生きているのは、あたしが気まぐれに生かしたまま捕らえてあげたからで、本当なら、あの場所で闇商人のじじいといっしょに殺されているはずなんだから」

ベラはアマデオの命など気にしてはいない、と。

殺されても構《かま》わない、ただの捨て駒としか考えていないのだ、と。

言外に、少女はそれをほのめかしていた。

「それでも、主任はオレを助けにくる」

アマデオはきっぱりと断言《だんげん》した。

「なに？　その信じ切った顔は！　バカじゃないの？　笑っちゃう甘《あま》ちゃんだと思っていたけど、ここまでくるとさすがにイライラするわ」

少女の声が低く押《お》し殺したものに変わる。激《はげ》しい憎悪《ぞうお》と殺気を帯びた声だ。

「あんたの目の前であの女を殺してやろうと思っていたけど、気が変わったわ。あんたから殺してあげる」

「！！！！！！！！！！！！」

少女の言葉が終わらないうちに、アマデオは頭がおかしくなりそうな痛《いた》みに襲《おそ》われた。凶刃《きょうじん》が左腕《ひだりうで》の肉を裂《さ》き、削《そ》いでいくおぞましい感覚がした。血が飛び散り、アマデオの横顔と少女の顔とを朱《しゅ》に染《そ》めていく。

「痛《いた》い？　痛いでしょう？　でも、まだまだ痛みを味わってもらうわ。みんなやロゼッタの痛みはこんなものじゃないんだから！」

「そ、そんなに、痛いのか？」

と、アマデオが苦悶《くもん》のなかでかすれた声を絞り出した。

「痛いに決まってるわ！　ロゼッタも、みんなも、あんたたちになぶり殺しにされた。だから、すこしでもその痛みが和《やわ》らぐように、あんたたちを殺して、その血で真っ赤に染《そ》めた花を捧《ささ》げてあげるの。それが、あたしがしてあげられること。そのくらいしか、あたしにはできないから。できることを、してあげるの。こんなふうにね！」

少女は短剣《たんけん》を持つ手に力を込めた。さらに深く、えぐるように刃《やいば》をじりじりと動かす。闇《やみ》に埋没《まいぼつ》した空間に、気の弱い者ならその声を聞いただけで失神してしまいそうな絶叫《ぜっきょう》が響《ひび》き渡《わた》った。

遠のきそうになるアマデオの意識《いしき》を、無理やりつなぎ止めるように少女が言う。

「いっそ、死んでしまったほうがマシだと思うくらいに苦しめてあげる。そのくらいじゃあ、みんなの痛みの代わりにはならないけど、あんたで償《つぐな》い切れなかったぶんは、ほかのだれかに償わせてやるわ」

「…………だれにだって……その痛みは、償えや……しない」

「当然だわ。ロゼッタの痛み、みんなの痛みがだれに償えるっていうわけ？　そんなやつはどこにもいない。だから、あたしは……あたしは、ロゼッタが『もういいのよ、フェシー』って、『ありがとう、フェシー』って言ってくれるまで、十人でも二十人でも。それでもダメなら百人だって、こんなふうにいたぶって、殺し続けてやる！」

こぼれた涙《なみだ》が、べっとりと頬《ほお》に染《し》みついた真っ赤な血を洗《あら》って、美しい白い筋《すじ》をつくる。

「たとえ、千人殺したって……だれも、なにも、言ってくれやしないんだ」

「じゃあ、二千人殺す！　三千人殺す！　四千人殺す！」

「一万人でも、同じだ」と、アマデオの色を失った唇《くちびる》が言葉をこぼした。「死んだ人間は、なにも言わない……なにも、望まない。だから……なにも、応《こた》えてはくれない」

「知ったふうな口を利《き》くな！　みんなが、ロゼッタが、なにを思っていたか、なにを感じていたか、なにを願っていたか。あんたなんかにわかるわけはないんだ！」

「わかるわけ、ないさ……みんな、死んでしまった、んだから。死んでしまったら、もうそんなことは考えたりしないんだから」

アマデオは譫言《うわごと》のように言った。

「違《ちが》う！　あたしには、わかる！　あたしの心のなかで、ロゼッタの痛みが、みんなの憎《にく》しみが、復讐《ふくしゅう》を果たせと歌う！」

「…………それは、君の痛みだよ。大切な人たちを失った、君の憎しみだ」

七年前、アマデオもそうだったのだ。

しかし、

『当然です。この人たちは死んでいます。死者はなにも言いません』

ベラの言葉がアマデオにそのことを気づかせた。もし、あの言葉がなければ、自分はいまも復讐を続けていたかもしれない。それこそ、百人でも千人でも……この少女と同じように。

「黙《だま》れ！」

少女は血塗《ちぬ》られた刃を振《ふ》りかざした。激情《げきじょう》とともにアマデオの肩《かた》に刺《さ》した。

「黙れ黙れ黙れ黙れ黙れ黙れ黙れ黙れ黙れ――――！」

悲鳴を上げるように絶叫しながら、少女は短剣を何度もアマデオに突《つ》き立てた。しかし、まるで突き刺すたびに自らを傷《きず》つけているかのように、苦しげに顔を歪《ゆが》める。そして、その苦しみを打ち消すように、刃を振り下ろし続けた。


カチャリ、と背後《はいご》で小さな音がした。

フェシーは、はっとして手を止める。周囲には、濃《こ》い血の匂《にお》いがしていた。

気がつくと、壁《かべ》に張《は》り付けられた青年はぐったりと項垂《うなだ》れている。死んだのかと思ったが、いまにも途切《とぎ》れてしまいそうなほどかすかに息をしていた。痛みと出血のために意識《いしき》を失ったのだろう。大量の血が流れ出し、足元には血溜《ちだ》まりをつくっていた。

もっとも、このままでは青年はふたたび意識を取り戻《もど》すことなく死ぬだろうが……

フェシーは、胸《むね》の高ぶりを抑《おさ》えるように大きく呼吸《こきゆう》し、振り返る。

「……遅《おそ》かったね。もうすこしで、殺しちゃうところだったじゃない」

漆黒《しつこく》の闇に小さな明かりが灯《とも》っていた。部屋にひとつしかない扉《とびら》が開かれ、その傍《かたわ》らに立つ人影《ひとかげ》があった。

〈ロス・ペラス沈黙《ちんもく》の紳士《しんし》〉会館の保《ほ》安主任《あんしゆにん》であるエルフの女を、フェシーは喜びと憎しみにかき立てられた凄絶《せいぜつ》な笑みによって迎《むか》えた。

「と言っても、放っておけば直《じき》に死ぬと思うけど」

「……………そうですか」

淡々《たんたん》とした口調で答えながら、ベラはゆっくりと足を進めた。

歩調に合わせてわずかに揺《ゆ》らめく松明《たいまつ》の炎《ほのお》に照らされたその美貌《びぼう》には、憎しみや怒《いか》りはおろか殺意すらも浮《う》かび上がってはいない。

「まるで興味《きょうみ》がないって感じね。部下の血できれいに染《そ》まったあたしを見ても、なにも思わないわけ？」

「あなたを殺すことには変わりありませんから」

さらりと言ってのけるベラに、フェシーは思わず鼻白《はなじろ》んだ。

「なるほど。噂通《うわさどお》りの冷血女ね。この人も哀《あわ》れなものだわ。あんたみたいな女にのぼせ上がって、ボロボロになって死んでいくんだから」

「同情《どうじょう》するのなら、あなたが優《やさ》しくしてあげてはどうですか？」

「そうね。あなたを殺したあとで、楽に死なせてあげてもいいわ」

フェシーが放つ猛烈《もうれつ》な殺気を、

「では、そうしてください」

と、ベラは何事もないように受け流した。

「わたしを殺せたらの話ですが」

「試《ため》してみるわ」

フェシーは黒い水晶《すいしょう》球を取り出した。

「〝闇《やみ》よ、来たれ〟」

下位古代語《かいこだいご》の合言葉を唱えると、水晶球から闇が噴き出した。一瞬にして、周囲が暗闇に包まれる。

「〝暗晶石《ダーク・クリスタル》〟ですか」

〝炎晶石《ファイア・クリスタル》〟が炎の魔力によって爆発を引き起こすのなら、この〝暗晶石〟は周囲を魔法の闇で閉ざし、完全に光を打ち消してしまう。フェシーが持っていたランタンの明かりも、ベラが持っていた松明の明かりも——いかなる光もこの暗闇のなかでは役に立たない。

「精霊使《せいれいつか》いは、精霊の力を見分けて暗闇を見通すことができる。生命の精霊の力が働いているのを見て、生き物がどこにいるかもわかるらしいけど。この魔法が生み出した暗闇は、見通せないはずよね」

フェシーの声は、ジメジメと湿気《しっけ》を帯びた陰鬱《いんうつ》たる暗闇に反響し、その位置を容易《ようい》に摑《つか》まない。

ベラは無言で立ちつくし、じっと周囲の気配を探っているように見えた。

「ふふふ。あたしがどこにいるかわかる？　わからないわよねえ。でも、あたしにはわかる！　暗殺者として訓練を受けたあたしは、たとえ目が見えなくても獲物《えもの》の居場所を知ることができるわ。この闇のなかでは、あたしたちのほうが絶対に有利」

楽しげにフェシーは笑った。

これから、憎い敵《てき》をいたぶり殺す。それが愉快《ゆかい》で仕方なかった。

「ああ、ロゼッタ。喜んで。あなたの仇《かたき》を討《う》つわ。そして、みんなの仇も。あの冷酷《れいこく》な女をすこしずつ、すこしずつ切り刻《きざ》んで、苦しめながら殺してやる。そして、その血で純白《じゅんぱく》を百合《ゆり》を染《そ》め上げてあなたたちに捧《ささ》げてあげる。そうしたら、また笑ってくれるよね？　ロゼッタ…………」

まぶたを閉《と》じたが、そこに浮かぶのは苦しみにあえぐロゼッタの姿だった。いまにも泣き出しそうな潤《うる》んだ瞳《ひとみ》をフェシーに向け、そしてなにかを叫《さけ》びながら消える。

「待ってて、ロゼッタ。もうすぐだよ。もうすぐ、その苦しみを癒《いや》してあげる。そのために、あいつを殺す！」

フェシーは憎しみを込《こ》め、愛する者をその腕《うで》から奪《うば》い去った敵に殺意を叩《たた》き付けた。

ベラが、かすかに反応する気配がする。

「…………ロゼッタ？　あの灰色《はいいろ》の髪の暗殺者ですか？」

と、闇の向こうからベラが問うた。

フェシーのつぶやきは予想外に大きく反響し、ベラの耳にも届《とど》いていたのだ。

「ええ、そう。あたしの大切なロゼッタ。物心ついたときから、ずっといっしょにいたあたしの分身……あんたが殺した。そうよね？」

「はい。殺しました」

なんの感慨《かんがい》もなく、ベラはうなずいた。

「よくも平然と言ったわね！　殺してやる！」

フェシーのなかで怒りと憎しみが暴発《ぼうはつ》したとき、

「残念ですが、あなたには無理なようです」

冷たく鋭い視線が自分を捉《とら》えるのを感じて、フェシーは驚愕《きょうがく》した。その耳に、静かに響《ひび》くリンとした声が届く。

「〝シェイド、光を覆《おお》う影！　暗き闇の精霊よ！〟」

精霊へ呼《よ》びかける声――呪文《じゅもん》だ。

「バカな！」

フェシーは息を呑《の》んだ。ベラは、正確に自分を標的《ひょうてき》としている。それがわかったからだ。

（なぜ、この暗闇であたしの位置がわかるの？）

その疑問《ぎもん》に対する答えはなかった。代わりに、呪文の詠唱《えいしょう》を終える。

「〝我《わ》が敵の心に潜《ひそ》み給《たま》え！　その意志《いし》を挫《くじ》かんがため！〟」

同時に、フェシーの周囲の闇が蠢《うごめ》いた。闇の精霊がベラの求めに応《おう》じ、フェシーに襲《おそ》いかかったのだ。

が、次の瞬間《しゅんかん》、今度はベラが瞠目《どうもく》した。

フェシーを攻撃《こうげき》しようとした闇の精霊が、その胸元《むなもと》に吸《す》い込まれてしまったのだ。

ベラの驚《おどろ》きを察《さつ》し、暗殺者としての本能《ほんのう》が考えるよりも早くフェシーを突《つ》き動かした。獲物《えもの》に飛びかかる猫《ねこ》科の獣《けもの》のようにしなやかな所作《しょさ》でベラとの距離《きょり》を一気に詰《つ》めると、必《ひっ》殺《さつ》の一撃を繰《く》り出す。幾多《いくた》の命を奪い取ってきた刃《やいば》が、鋭《するど》くベラの細く白い首筋《くびすじ》を狙った。

喉《のど》を切り裂《さ》き、血が噴《ふ》き出す。その血を受けて勝利に笑う。

そんな自分の姿《すがた》が、フェシーの脳裏《のうり》をよぎった。

が、死を招《まね》くはずだった刃は、虚《むな》しく空を切った。ベラがその一閃《いっせん》をかわしたのだ。虫けらを見つめるような無関心な瞳《ひとみ》にのぞきこまれた気がして、フェシーは戦慄《せんりつ》した。

「なんで？」

フェシーの背筋《せすじ》に冷たいものが走った。

激《はげ》しい動揺《どうよう》に、大きく心臓《しんぞう》が打ち鳴るのを聞きながら、フェシーは駆《か》けてきた勢《いきお》いのま

まベラとすれ違《ちが》った。素早く部屋の片隅《かたすみ》で身を潜め、息を殺す。

(落ち着いて、フェシー。なにかの間違いだわ。見えるはずなんてないもの)

なんとか乱《みだ》れた心をなだめようとする。

「……〝精霊封じの魔石《スピリット・シーリング・ストーン》〟ですか?」

と、ベラの無機質《むきしつ》な声が言うのが聞こえた。

精霊を封《ふう》じ込めることで、精霊魔法の発現《はつげん》を阻止《そし》する力を持つ魔法《まほう》の石。それが〝精霊封じの魔石〟だ。が、一つの魔石には魔法一回ぶんの精霊しか封じてはおけない。

「いったい、どれだけの魔石を用意したのですか?」

ヒタヒタと近づいてくる足音が聞こえてきた。

な、なんで、こっちに来るの!

足音はまっすぐにフェシーのほうに向ってくる。

おぞましいものが這《は》い寄《よ》ってくるような感覚に襲《おそ》われて、身震《みぶる》いした。頭がおかしくなってしまいそうだった。

「ひいいっ!」

情《なさ》けない悲鳴を上げて、暗がりから暗がりへと必死になって逃《に》げ惑《まど》った。

しかし、どんなに走っても、ベラの視線《しせん》はまとわりついてきた。粘着性《ねんちゃくせい》の糸が手足に絡《から》みつき、じりじりと心臓《しんぞう》へと近づき、首に巻《ま》き付き、顔を覆《おお》う。そんな感覚がフェシーを苛《さいな》んでいた。

もはや、自分の命はあの憎《にく》い女の手に握《にぎ》られている。逃《のが》れる術《すべ》もない。

そう悟《さと》っても、フェシーは逃げるのをやめられなかった。

恐怖《きょうふ》という名の衝動《しょうどう》が、心を支配《しはい》していた。

「なんで？」

と、フェシーはあえいだ。

「なんで、あたしの居場所《いばしょ》がわかるの？　なんで、あたしが見えるのよ！」

いかなる光も、精霊の力すらも見ることのできない完全な暗闇が、ふたりの間には横たわっているはずだった。

（それなのに！　ロゼッタ。ロゼッタ。どうしてなの？　あいつに、あたしが見えるはずはないのに……）

はあはあ、と荒《あら》い息をもらすフェシー。

すでに気配を隠《かく》そうという意識《いしき》は消し飛んでいた。

ただ、逃げ出したい。

それだけだった。

「…………答えるつもりはないようですね。仕方《しかた》ありません」

と、ベラがつぶやく声がした。

はっとして振《ふ》り向いたフェシーは、ベラの気配が消え失《う》せてしまったことに気づいて狼《ろう》狽《ばい》した。

「あ、あいつは！」

慌《あわ》てて周囲を見渡《みわた》すが、もとより闇よりほかに見えるものがあるはずもない。自分が用意した檻《おり》に、自ら閉じこめられたような屈辱的《くつじょくてき》な気分がした。

意識を視覚から聴覚に切り替えて集中する。

足音、息づかい、鼓動《こどう》……なんでもいい。ベラの存在を示す物音を聞き取ろうとするが、なにも聞こえなかった。にも拘《かか》わらず、ひりつくような視線だけが確《たし》かに感じられるのだ。

「どこ？　どこにいるのよ！」

フェシーは叫《さけ》んだ。上《うわ》ずり、震《ふる》える声が耳に痛《いた》いほど反響《はんきょう》している。

が、それに答える声は、やはりなかった。

静寂《せいじゃく》のなか、気が狂《くる》ってしまいそうなほどの恐怖だけがフェシーを押《お》し包んでいた。

「どこよ！　いるのはわかってるんだからね！　さっさと姿《すがた》を現《あらわ》したらどうなの！」

堪《こら》えきれずに、ふたたび絶叫するフェシー。

　ふいに、首筋《くびすじ》に息がかかった。まるで、大陸の北限《ほくげん》、氷結海の果てに吹《ふ》き荒《すさ》ぶ吹雪《ふぶき》のように、その吐息《といき》はフェシーの心を瞬時《しゅんじ》に凍《こお》り付かせた。

「魔法を使う必要もありませんね。これでカタがつきます」

　耳元にささやかれた言葉に、反射的《はんしゃてき》に振《ふ》り返ろうとしたフェシーは、喉元《のどもと》に押し当てられた刃の冷たい感触《かんしょく》に身体《からだ》を硬直《こうちょく》させた。細く華奢《きゃしゃ》な腕《うで》が身動きを封《ふう》じるようにフェシーの肢体《したい》に絡《から》みつく。

「しかし、死ぬ前にひとつだけ聞きたいことがあります。瀕死《ひんし》の傷《きず》を負い、濁流《だくりゅう》に呑《の》まれたはずのあなたを、だれが助けたのですか？」

「…………なんで？　この闇《やみ》のなかで、どうやってあたしを見つけることができたの？」

　ベラの質問には答えず、フェシーはそう問い返した。

　暗殺者としての誇《ほこ》りとロゼッタを殺した者への憎《にく》しみが、答えることを拒《こば》んだのだ。

　突《つ》きつけられた刃の冷たさが、恐怖《きょうふ》をすこしだけ拭《ぬぐ》い去っていた。血の臭《にお》いが冷静さを呼《よ》び戻《もど》す――それは、暗殺者としての救《すく》い難《がた》い性《さが》だ。

「そうですか」

　しばしの沈黙《ちんもく》のあと、ベラは表情《ひょうじょう》のない声色《こわいろ》で言った。

「しゃべりたくないのなら、無理にとは言いません。別の方法で探《さぐ》り出すことにします」

「あたしを、どうするつもり？」

「死んでもらいます」

あくまでも淡々《たんたん》とベラは告げる。

フェシーは呼吸《こきゅう》を止め、奥歯《おくば》を砕《くだ》けそうなほどに嚙《か》み締《し》めた。

「…………ちくしょう」

と、苦しげにフェシーは吐《は》き捨《す》てた。涙《なみだ》がこぼれ落ちた。

悔《くや》しくて悔しくて、どうしようもなかった。

「ごめん、ロゼッタ。あなたの仇《かたき》、討《う》てなかった…………」

血がにじむほど固く拳《こぶし》を握《にぎ》り締め、まぶたを閉《と》じるフェシー。

（ロゼッタ……なにか言ってよ、ロゼッタ）

渇《かわ》いた心がロゼッタを求め、その名を呼んだ。

しかし、ロゼッタの声は聞こえなかった。笑顔も、泣き顔すらも見えない。ただ、真っ黒で虚《うつ》ろな暗がりがそこに広がっているだけだった。

「殺す前に、あなたの間違《まちが》いを訂正《ていせい》しておきます」と、ベラはささやいた。「あの灰色《はいいろ》の髪《かみ》の少女は、復讐《ふくしゅう》など望んではいませんでした。死が夜の帳《とばり》のように降《お》りてくるその瞬間《しゅんかん》まで、あなたの名を呼び、復讐など考えないで、死なないでと繰《く》り返していたのです」

「まさか……そんなはずはないわ！」

「信じないのはあなたの勝手です。しかし、彼女の最期《さいご》の意思《いし》は、あなたに伝えました。あなたは、あなたが大切に思った人の願いを踏《ふ》みにじり、死んでいかなくてはならないのです。あなた自身の弱さのために」

「嘘《うそ》っ！　嘘嘘嘘嘘嘘嘘嘘っ！」

フェシーは悲鳴のような叫《さけ》び声を上げた。すべてを否定《ひてい》するように、首を振《ふ》る。研《と》ぎ澄《す》まされた刃《やいば》が皮を切り、血が滴《したた》ったが気にしなかった。

「うそよぉぉぉぉぉぉぉぉぉぉぉぉぉぉ――――っ！」

暗闇《くらやみ》に響《ひび》き渡《わた》る慟哭《どうこく》を聞きながら、ベラはそっとフェシーの耳元に口づけるように唇《くちびる》を寄《よ》せた。

「さようなら」

そうつぶやくと同時に、短剣《たんけん》がフェシーの喉《のど》をかき切った。

ベラの腕《うで》が離《はな》れると、フェシーは血を撒《ま》き散らしながら、くるくると拙《つたな》い円舞《えんぶ》を踊《おど》るように回って石敷《いしじ》きの冷たい床《ゆか》に倒《たお》れた。

『死んだ人間は、なにも言わない…………なにも、望まない。だから……なにも、答えてはくれない』

急速に薄《うす》れていく意識《いしき》のなかで、フェシーはあのベラに想いを寄《よ》せる警備兵《けいびへい》が言った言葉を思い出していた。

『それは、君の痛《いた》みだよ。大切な人たちを失った、君の憎《にく》しみだ』

そうかもしれない、とフェシーは思った。

(ごめん、ロゼッタ。あなたの気持ちをわかってあげられなくて…………でも、これで、またいっしょにいられるんだわ)

あるいは、自分が本当に望んでいたのは、こうなることだったのかもしれない。そんな気がした。

「……地獄《じごく》へ行って、あの少女と再会なさい」

かすみゆく意識のなか、金色の髪《かみ》のエルフがつぶやく声がした。その声色《こわいろ》に哀《あわ》れむような響きがあるのを感じて、フェシーはかすかに驚いた。

(地獄だって、ロゼッタ。いいわ。先に行って、ふたりでこの冷血女が来るのを待っていましょう。どうせそれほど先の話じゃないわ。楽しみだわ)

フェシーはにやりと笑った。そして、そのまま静かに息絶《いきた》えた。

ベラは、虚《うつ》ろな瞳《ひとみ》で自分を見上げる黒髪の少女を見下ろした。

だれかを殺そうとするなら、だれかに殺されることも覚悟《かくご》しなくてはならない。暗殺者として、当然心得ているべきことをこの少女は心得ていなかった。すくなくとも、ロゼッタという名の灰色の髪の少女が殺されることを、受容《じゅよう》することはできなかったのだ。

それ故《ゆえ》に、この暗殺者は死んだ。

懐《なつ》かしいいくつもの声が自分を呼んでいるような気がした。

『ベラ…………ベラ……』

ふいに、足元に横たわる女暗殺者の顔に、亜麻色《あまいろ》の髪の少女の顔が重なった。

かつて、深い森の奥底《おくそこ》にあるダークエルフの集落で、ともに育ち、ともに密偵《みってい》となるための訓練を受けた仲間たちのなかで、もっとも親しかった少女だ。

もう何十年も前、土砂《どしゃ》降りの雨に打たれながら、ベラは少女と対峙《たいじ》していた。

ベラたちは、長老直属《ちょうろうちょくぞく》の密偵となるべく志願《しがん》し、殺し合っていた。

全員で殺し合い、生き残ったただひとりを密偵とする。

長老がそう定めた以上、殺し合う。ダークエルフとして生まれ、密偵となるべく生きてきたベラたちにとって、それはあまりにも当たり前のことで疑問《ぎもん》を差し挟《はさ》む余地《よち》などあるはずもなかった。

すでに、十人いた仲間のうち、八人が死んだ。残ったのは、ベラと目前の亜麻色の髪の少女だけ。ふたりが浴びた大量の血は雨によって洗《あら》い流されていたが、兄弟姉妹《きょうだい》のようにして育った仲間たちの肉をえぐり、その命の糸を断《た》ち切った感触《かんしょく》は拭《ぬぐ》いようもなかった。

『……………』

『……………』

それでも、ふたりは無言のまま、ひどく冷ややかな眼光《がんこう》で互《たが》いを見据《みす》えていた。

獰猛《どうもう》な肉食獣《にくしょくじゅう》が、獲物《えもの》に忍《しの》び寄《よ》り、襲《おそ》いかかる隙《すき》をうかがっている。そんな感じだった。手にした短剣が、相手の喉《のど》を切り裂き、血塗《ちぬ》られる一瞬《いっしゅん》を密《ひそ》かに待っていた。

じりじりと、ベラと亜麻色の髪の少女は間合《まあ》いを詰《つ》めた。

そして、互いの距離《きょり》がある一線を越《こ》えた刹那《せつな》、同時に動いた。

キンッ、キンッ。

と、刃が打ち合う。

ベラが一閃《いっせん》した短剣の切っ先を、少女は身をひねるようにしてかわした。その勢《いきお》いのまま身体《からだ》を回転させ、逆手《さかて》に握《にぎ》った刃でベラの首筋《くびすじ》に突《つ》き立てようとする。

完全《かんぜん》に隙《すき》を突かれ、ベラが自らの死を悟《さと》ったそのとき——いかなる神がもたらした幸運か。まるで立ち竦《すく》んだように少女が硬直《こうちょく》した。獲物に死をもたらすはずだった刃が、寸前《すんぜん》で止まる。

ベラは素早《すばや》く身を沈《しず》め、少女の足を払《はら》った。背中《せなか》からぬかるんだ地面に倒《たお》れた少女の腕の腱《けん》を、無表情《むひょうじょう》のまま手際《てぎわ》よく断ち切る。

少女の口から、小さな悲鳴が上がった。とっさに起きあがろうとするその身体を、ベラは容赦《ようしゃ》なく踏《ふ》み付ける。泥水《どろみず》が跳《は》ね上がり、亜麻色の髪を汚《よご》した。

『……ミゼル。なぜ、剣を止めたのです？』

と、短剣をその眼前《がんぜん》に突きつけながら、ベラは問うた。

『あなたが死んだあとのことを想像《そうぞう》したからよ』

『どういう意味です？』

いぶかしむベラに、ミゼルという名の少女はかすかに苦笑した。

『意味なんてないわ。ただ、あなたを殺す覚悟《かくご》ができていなかっただけ』

『わたしたちは密偵《みってい》となるべく生きてきました。密偵は、どんなに親しい者でも、殺せと言われれば殺さなくてはなりません』

『わかっているわ。だから、私は密偵失格《しっかく》なの。でも、あなたなら一流の密偵になれるわ』

『あなたを殺さなければ、そうはなれないでしょう』

『自分が死ぬ覚悟までしていなかったわけではないわよ』

『…………』

ベラはゆっくりと瞬《まばた》きをして、短剣をミゼルの喉元《のどもと》に添《そ》えた。

『ベラ。私は、自分がしたくなかったことをあなたにさせるわ。押《お》しつけるだけ押しつけて、あなたを置いて逝《い》くってわけ。身勝手でごめんなさいね』

と、ミゼルは笑《え》んだ。

『身勝手なのは、暗黒神《ファラリス》の使徒として当然のことです』

『あなたらしい言い方ね。あなたなら、きっと私たちの命のぶんも生きていけるわ』

『ミゼル。あなたは本当に身勝手で、残酷《ざんこく》なんですね』

『そうよ。ダークエルフだもの』

ミゼルの言葉が終わらないうちに、ベラは刃《やいば》に力を込《こ》めていた。そのあとに、彼女が『さようなら』というのがわかっていたから、それを聞かないために疾《はや》く命を奪《うば》った。

そして、ベラはただひとり生き残った。

深い森の奥《おく》にある故郷《こきょう》の集落で、ベラは長老と若長《わかおさ》と呼《よ》ばれるその側近たちの前に跪《ひざまず》き、頭《こうべ》を垂《た》れていた。

『どうかな？　幼少《ようしょう》の頃《ころ》よりともに育ち、ともに訓練を受けてきた仲間たちをその手で殺した気分は？』

若長のひとりが問うた。

『…………』

ベラは唇《くちびる》を結んだまま、じっとうつむいていた。

くつくつと、不気味な笑い声がする。

空気がピンッと張《は》り詰《つ》めたのが、ベラにもわかった。それだけで、冷たい汗《あせ》が背筋《せすじ》に伝わる。

『答えぬのもよかろう。軽はずみに感情を露《あらわ》にする者に、密偵は務《つと》まらぬ』

しゃがれた声が闇《やみ》のなかに響《ひび》いた。

威圧的《いあってき》ではないが、どこか得体の知れない恐怖《きょうふ》を感じさせる気配に、ベラは顔を上げることができなかった。呼吸《こきゅう》をするのも苦しくなる。

『殺した仲間にどのような情を抱《いだ》いていたかは知らぬし、知る必要もない。されど、これより先はいかなる情も捨《す》てよ。涙《なみだ》も捨てよ。ただ、部族への忠誠《ちゅうせい》のみを魂《たましい》に刻《きざ》め。よいな？』

長老の暗黙《あんもく》の指図を受けて、若長のひとりがベラの目の前に琥珀色《こはくいろ》の宝石がついた耳飾《みみかざ》りを差し出した。

『受け取れ。これより、そなたは我《わ》が娘《むすめ》となる』

促《うなが》す長老の声に操《あやつ》られたように、ベラは耳飾りを受け取った。

生きるために仲間たちの血を浴びた。その命を奪《うば》った。だから殺したぶんだけ、生き続けなければならない。そして、生きるためには強くならなくてはならない。

耳飾りを身につけながら、ベラは心を捨てた。

愛情も、哀《あわ》れみも、恐《おそ》れも……憎《にく》しみすらも、刃《やいば》を鈍《にぶ》らせる。だから、いらない。だから、捨てる。

密偵として生きるとは、そういうものだ。

暗殺者も同じ。仲間への情愛に狂《くる》い、憎しみを捨てられない暗殺者は、もはや暗殺者ではない。そして、暗殺者でなくなった者が、ベラを殺すことなどできようはずもない。

ベラは、死者の傍《かたわ》らにしゃがみ、そのまぶたを閉《と》ざした。亜麻色《あまいろ》の髪《かみ》の少女の幻《まぼろし》は、遠い記憶《きおく》のなかに消えていく。

……………カチャ。

背後《はいご》で扉《とびら》が閉じる音がした。

だれかが、自分と暗殺者の少女の戦いを見ていたようだった。

そのことが、ベラを驚《おどろ》かせた。いかに暗殺者のほうに注意を傾《かたむ》けていたとはいえ、熟練《じゆくれん》の密偵である自分に気配を感じさせないとは……

不吉な予感が脳裏《のうり》をよぎり、ベラは黒髪の少女の亡骸《なきがら》に背《せ》を向けた。足早に壁《かべ》につながれたアマデオのほうへと駆《か》ける。

が、ベラの足がアマデオに届《とど》く前にその異変《いへん》は起こった。部屋全体が振動《しんどう》した。ゴリゴリと岩と岩が擦《こす》れる音が頭上から聞こえてくる。石の欠片《かけら》がパラパラと降《ふ》り注ぎはじめた。

「なるほど。吊《つ》り天井《てんじょう》というわけですか」

ベラは独語《どくご》した。

天井が徐々《じょじょ》に下がってきているのだ。分厚《ぶあつ》い岩盤《がんばん》でつくられた天井は、部屋にいるすべての者を押し潰《つぶ》してしまうだろう。ここは、どうやらそういう仕掛《しか》けが施《ほどこ》された部屋であるようだった。

「となると、扉《とびら》から出るのはより危険《きけん》でしょうね」

唯一《ゆいいつ》の出入口である扉には、さらになんらかの罠が仕掛《しか》けられている可能性《かのうせい》が高い。あるいは、扉の前で待《ま》ち伏《ぶ》せされていることも考えられた。

ほんのわずかな時間、ベラは瞑目《めいもく》した。

そして、なにかを決意するとアマデオの傍らに走った。そして、かすかに息をしていることを確認《かくにん》すると、その身体《からだ》を固定している枷《かせ》を外していく。枷には鍵《かぎ》が掛けられていたが、ベラにとっては障害《しょうがい》となるほどのものではなかった。

十を数えるほどの間にアマデオを解放《かいほう》したが、その間にも天井はかなり下がってきていた。もう、頭上にそのゴツゴツとした岩肌《いわはだ》が見えている。

ベラは、アマデオの身体を抱《かか》えるようにして支《ささ》えた。床に膝《ひざ》をついているはずのアマデオの頭は、立っているベラの肩《かた》ほどの高さにまで達している。はじめて出会った頃《ころ》は見下ろしていたはずの顔を、いまは見上げなくてはならないとベラは思い出した。

おもむろに、ベラは石の壁《かべ》に手のひらをあてる。

建物から川までは二十歩ほどの距離《きょり》があった。

すこし遠いが、なんとか届《とど》くだろう。

「〝ノーム、堅《かた》き大地を司《つかさど》る者よ！」と、静かに唱《とな》える。「汝《なんじ》が領域《りょういき》を開き給《たま》え！　我《わ》が前に道を示《しめ》さんがため！〟」

大地の精霊《せいれい》は素早《すばや》くベラの求めに応《こた》えた。

ベラが手を置いた部分から石の壁が消えていく。急速に地が穿《うが》たれ、真っ黒な穴《あな》が口を開いた。と、開かれた穴から怒濤《どとう》のように水が流れ込んできた。近くを流れる川底に穴が達したのだ。

「〝ウンディーネ、流れゆく水の乙女《おとめ》よ！　我に吐息《といき》を与《あた》え給え！　汝とともに戯《たわむ》れんがため！〟」

壁際《ぎわ》に立って押し寄《よ》せる水の圧力《あつりょく》をかわしながら、ベラは自らに水中での呼吸《こきゅう》を自由にする魔法《まほう》をかけた。

「本当ならあなたにも魔法をかけたほうがいいのですが、精神力が足りません。すこしの間だけ、我慢《がまん》してください」

ベラはアマデオにささやいたが、返事はなかった。もちろん、もとよりそんなものは期待していなかった。

ゴウゴウと渦巻《うずま》きながら、水が部屋を満たしていく。

ベラは、ぐったりとしているアマデオの身体を抱き寄せた。

アマデオの顔も黒髪《くろかみ》も、自らが流した血のために汚《よご》れている。

そっと、ベラは顔を近づけた。

吐息《といき》が前髪を揺《ゆ》らす。

そして、唇《くちびる》を重ねた。

「う、う………」

アマデオは小さくうめいたが、まぶたは開かなかった。

ベラは目を閉《と》じて、アマデオの唇に吐息を送り込む。

冷たい水が、急速に足元から這《は》い上がってくる感触《かんしょく》がしていた。

すぐにふたりとも水に囲まれるだろう。そのときのために、アマデオの肺《はい》を空気で満たしておかなくてはならない。

かすかに、アマデオが息を吹《ふ》き返してくるのを、ベラは感じた。

死んだような顔をしているが、まだ命の糸は途切《とぎ》れてはいないのだ。

水位は、あっという間に腰《こし》の高さを越《こ》え、胸《むね》へと迫《せま》ってきた。ほどなく、ぴったりと寄り添《そ》ったベラとアマデオを、水が包み込む。

ベラの髪《かみ》が巻《ま》き上げられ、黄金色の水中花《すいちゅうか》のようにゆらゆらと棚引《たなび》いた。

室内にうるさく反響《はんきょう》していた水音が、急に遠ざかって小さくなった。

水が容赦《ようしゃ》なく体温を奪《うば》い、頬《ほお》や唇《くちびる》が冷たくなっていく。

ベラは、アマデオの頬に手のひらを添えた。

時が、過《す》ぎていく。

それは、ほんのわずかな時間だった。鼓動《こどう》が五つか六つ、命を刻《きざ》む間……どんなに長くても、十は打たなかっただろう。

ようやく、流れ込む水の勢いが弱まってきた。

それを確認《かくにん》し、ベラは唇を離《はな》す。

アマデオの身体を抱え直して床《ゆか》を蹴《け》った。

壁に穿《うが》たれた穴を抜《ぬ》けて泳ぎ、月影《つきかげ》を映《うつ》しながら揺《ゆ》らめく水面を目指した。

ベラは、川岸にアマデオを横たえた。

大量の血を失い、冷たい水に晒《さら》されて体温を奪われたせいで、月明かりの下に浮《う》かぶその顔は死人のように青ざめている。

ベラはアマデオの傍《かたわ》らに膝《ひざ》をつき、その胸に手を添《そ》えた。

「〝知られざる生命《いのち》の精霊、密《ひそ》かなるものよ！　その見えざる手によりて彼を抱き給《たま》え！　傷《きず》を癒《いや》し死を遠ざけよ！〟」

最後に残しておいた精神力《せいしんりょく》を費やして、〝快癒《ヒーリング》〟の魔法《まほう》をかけた。

穏《おだ》やかな温《ぬく》もりがアマデオの身体《からだ》を包んでいく。名も知られていない生命の精霊が、無数に刻まれた傷を癒していくのがわかった。

アマデオの顔にほのかに赤みがさしてくるのを見て、ベラはまぶたを閉《と》じて大きく息を吸《す》って、吐《は》いた。

空を見ると、月は大きく傾《かたむ》き、東の空から白々と明けはじめていた。風が雲を流していく。醜《みにく》い欲望《よくぼう》の渦《うず》巻《ま》くファンドリアの都が、朝靄《あさもや》のなかにひっそりとたたずんでいた。

「…………主任《しゅにん》」

と、弱々しい声がした。

見下ろすと、アマデオがうっすらと目を開けていた。

「アマデオ。どうやら、あなたは生き残ることができたようです」

ベラは、いつもと同じ淡々《たんたん》とした口調で告げた。が、その瞳《ひとみ》にはかすかに柔《やわ》らかな光がよぎる。

アマデオは、かすかに息を呑《の》み、申し訳《わけ》なさそうにまぶたを伏《ふ》せた。

「……すみません、主任。面倒《めんどう》をおかけしました」

「いいえ。あなたの運がよかっただけです。わたしはなにもしていません」

「それでも、助けに来てくれました」

と、雲ひとつない空の色を映した海のように澄《す》んだ紺青《こんじょう》の瞳が、真摯《しんし》な敬愛《けいあい》の色を帯びてベラを見上げた。

「別に、あなたを助けるために来たわけではありません。あの暗殺者を始末するためです」

「かならず、来てくれると信じていました」

「……………ともかく、あなたは生き残ったのです。強くなりましたね」

「ありがとうございます」

アマデオは、すこし照れたように笑った。

その笑みに、ベラは月明かりの下で出会った少年の面影《おもかげ》を見た気がした。

「あ、あの、主任」

と、言いにくそうにアマデオは上司の顔をのぞき込《こ》んだ。

「あの女の子は？」

それは、黒い髪と黒い瞳を持つ暗殺者の少女のことだった。

かつてのアマデオと同じ――大切な人を失った痛《いた》みに苦しくて仕方がないという顔をして、ただもう一度その人たちの笑顔を見たくて、復讐《ふくしゅう》をしようと心を狂《くる》わせた少女。

「殺しました」

「…………そうですか」

アマデオの声色が落ちた。

「あなたが殺したかったですか？」

「いいえ、違《ちが》います」と、アマデオは目を丸くして、慌《あわ》ててベラの言葉を否定《ひてい》した。「ただ、すこし他人のような気がしなくて。できれば、生き残ってほしかっただけです。オレも、同じように大切な人を殺されて復讐をしようとした人間ですから」

「あなたをそんな目に合わせた者です。憎《にく》くはないのですか？」

「憎くないと言えば嘘《うそ》になります。でも、彼女がオレを殺そうとするのは当たり前です。彼女の仲間をオレたちが殺したんですから」

「あなたが理解《りかい》していることを、彼女は理解していませんでした。だから死んだのです」

「そうですね………」

アマデオはうなずいた。

ベラは立ち上がる。

「では、会館に帰りましょう。立てますか？」

「はい。大丈夫《だいじょうぶ》です」

そう言ってアマデオは立ち上がろうとしたが、途端《とたん》に目眩《めまい》に襲《おそ》われてよろめいた。倒《たお》れそうになったその身体を、ベラが受け止める。

「まだ、回復《かいふく》していないようですね」

いかに〝快癒《ヒーリング》〟の魔法で傷はふさがったといっても、失われた血までは回復していない。苦痛《くつう》によって蓄積《ちくせき》された疲労《ひろう》も癒されてはいないはずだ。

「す、すみません。主任」

慌てて離《はな》れようとするアマデオを、ベラはそっと制《せい》した。

「ゆっくり動きなさい。まだ血が足りていないのです。急いで動くと、また目眩を起こしますよ」

「は、はい」

アマデオは顔を紅潮《こうちょう》させ、一瞬《いっしゅん》だけ気恥《きは》ずかしそうに視線《しせん》を背《そむ》けた。

「ご迷惑《めいわく》を、おかけします」

と言うと、ベラは小さくうなずいてそれに同意した。

「そう思うなら、もっと強くなりなさい」

アマデオは、今度は慎重《しんちょう》にベラの腕《うで》から離れた。すこしふらついたが、倒れたりはしなかった。

背筋《せすじ》を伸《の》ばして姿勢《しせい》を正すと、アマデオはベラに向かって敬礼《けいれい》する。

「はい」

東の街並《まちな》みの向こうに顔をのぞかせた朝日の光が、その横顔をまぶしく照らした。

ベラは踵《きびす》を返して、暁光《ぎょうこう》に背《せ》を向けるようにして歩きはじめた。慌てて、アマデオがその後を追う。

「さて、最後の仕上げが必要ですね」

ベラのつぶやきは、朝靄《あさもや》を吹《ふ》き流す風のなかに消えた。

その日の夜。

ファンドリアの町外れにある半ば朽《く》ちかけた屋敷《やしき》に、フードを被《かぶ》った人影《ひとかげ》がまるで月の光をさけるようにして滑《すべ》り込んだ。

この地がファンと呼《よ》ばれる王国であった頃《ころ》、ある貴族《きぞく》の別荘《べっそう》として使われていた屋敷だ。王国末期の混乱《こんらん》期に主を失い、以来、主を失って久《ひさ》しく、かつては美しく壮麗《そうれい》だったその外観は、いまや荒《あ》れ果てて見る影《かげ》もなかった。

埃《ほこり》の積もった玄関《げんかん》ホールに入った人影は、傾《かたむ》いたシャンデリアの下に立ち止まると、何者かの姿《すがた》を探すように周囲を見渡《みわた》した。

「待ち人は来ませんよ」

突然《とつぜん》、背後《はいご》から声がした。驚《おどろ》いて振《ふ》り返った人影は、頑丈《がんじょう》そうな樫《かし》でつくられた分厚《ぶあつ》い両開きの扉《とびら》の傍《かたわ》らに立つ金色の髪《かみ》のエルフの姿《すがた》を見た。

「ベラ！」

と、その名を呼ぶ。若《わか》い女の声だった。

「あなたの待ち人とは話がついています。あなたとは縁《えん》を切る、そう言っていました」

「……なんのこと？」

人影が声を低くした。声音《こわね》に警戒心《けいかいしん》がにじんでいる。

「絞首台《こうしゅだい》に立って首に縄《なわ》をかけられようとしているのに、まだ状況《じょうきょう》が飲み込めないのですか？　それとも、ここから逃《のが》れる術《すべ》があると考えているのですか？」

と、ベラは一歩人影に歩み寄《よ》った。天井《てんじょう》の裂《さ》け目からのぞいた月明かりのなかに、冷たい刃《やいば》のような美貌《びぼう》が青白く浮《う》き上がる。

「あなたらしくない甘《あま》い状況判断《はんだん》ですね、ジータ」

その翠玉《すいぎょく》の双眸《そうぼう》が凍《い》てついた光を放ちながら人影を見つめた。

「そう。あの男からの使いが来たときは、こんなところへ妙《みょう》な呼び出しだとは思ったけど、アタシは売られたわけね。存外《ぞんがい》に、意気地《いくじ》のない男だったわ」

吐《は》き捨《す》てるように言って、人影はフードを取った。

フードの下からダークエルフの女の顔が現《あらわ》れる。ベラの背後《はいご》から流れ込んでくる風に銀の髪がふわりと舞《ま》い上がり、炎《ほのお》を封《ふう》じ込めたような真っ赤な瞳《ひとみ》は怒《いか》りに燃《も》えて爛々《らんらん》と輝《かがや》いていた。

「あなたに人を見る目がなかっただけです」

「そうみたいね。で、ベラ。あなたは、どこまで知っているのかしら？」

「あなたが盗賊《とうぞく》ギルドの幹部《かんぶ》のひとりを抱《だ》き込み、わたしを陥《おとしい》れようと画策《かくさく》したことのすべてです」

ベラは感情《かんじょう》を押《お》し殺した冷徹《れいてつ》な口調で言った。

アマデオとともに会館へ戻《もど》ったベラのもとへ、ほどなくしてラミアからの使いがやってきた。ベラがフェシーの命を絶《た》っている間に、ラミアの配下がモーランという男を捕《と》らえたのだ。身の危険《きけん》を察知《さっち》したのか、都から逃《に》げ出そうとしていたところを不運にも見つかってしまったらしい。

『よくさえずる小鳥だったわ』

と、ラミアは唇《くちびる》を薄《うす》くして笑った。ベラは戦慄《せんりつ》を覚えながらも、どんな方法でラミアが小鳥をさえずらせたかはあえて聞くことはしなかった。

ラミアがモーランから聞き出した情報《じょうほう》によると、

「盗賊ギルドの幹部から借りたモーランという男を使い、あのバカな職人《しょくにん》に黄金の車輪の偽物《にせもの》をつくらせたあなたは、フェルゴ暗殺に失敗して瀕死《ひんし》の状態《じょうたい》だったあのフェシーという名の暗殺者を拾ったのです。いえ、あなたがフェルゴへの暗殺計画をわたしにもらしたのは、そもそもこの手駒《てごま》を手に入れるためだったはずです。わたしたちが暗殺者たちと戦っている間、いろいろと影で画策していたようですからね」

アマデオを助けたのは、フェシーに傷《きず》を負わせる必要があったからだ。瀕死の彼女に付き添《そ》い、その憎《にく》しみをあおって復讐《ふくしゅう》を決意させ、あたかもそれを手助けしているように見せかけて利用する。それがジータの筋書《すじが》きだったのだ。

「モーランが用意した隠《かく》れ家にフェシーを匿《かくま》ったあなたは、その復讐心を利用して〝百顔《ひゃくがん》の〟ラミア配下の集金人やフェルゴに近しい商人を殺させたのです。偽の黄金の車輪を身につけさせて――すべては、わたしを陥れるために」

あとは、フェルゴかラミアがベラを始末してくれる。

そう期待したのかもしれない。仮《かり》にそこまでうまく事が運ばなかったとしても、すくなくともベラは会館から追放され、いまの長老直属《ちょくぞく》の密偵《みってい》としての立場は失われる。

ジータにとっては、それで十分だったのだろう。

「ここまでの話に間違《まちが》いはありますか？」

問われて、しばしの間、ジータは憮然《ぶぜん》としてベラを睨《にら》んでいた。

ベラの見下したような視線《しせん》が、ジータには気に食わなかった。まるで、悪戯《いたずら》をした子供《こども》にどんなお仕置きを与《あた》えようかと思案しているような、舐《な》めきった態度《たいど》が癪《しゃく》に障《さわ》っていた。

心の奥底《おくそこ》から湧《わ》き上がってくる怒《いか》りを抑《おさ》えきれないように、ジータは声を荒《あら》くした。

「それがなんだっていうの、ベラ？　アタシの任務《にんむ》は、盗賊ギルド内に新たな人脈《じんみゃく》をつくること。この件《けん》が成功していれば、その幹部《かんぶ》の信用を勝ち取ることができたかもしれないし、そうなれば我々《われわれ》ダークエルフの組織《そしき》にとって有益《ゆうえき》な人脈となったかもしれないのよ？

任務が相反する場合は、より能力《のうりょく》のある者がそれをやり遂《と》げる。そして、それによって一方の命が脅《おびや》かされることがあったとしても掟《おきて》に反することにはならない。そうじゃなかったかしら？」

「そうですね」

と、ベラはうなずいた。

「そして、あなたは失敗しました。人を陥《おとし》れようとして失敗した者は、それなりの報《むく》いを受けなければなりません。違いますか、ジータ？」

「なにが言いたいの？　長老に報告して、懲罰《ちょうばつ》にでもかけてもらうつもりなのかしら？」

ジータの声色が剣呑《けんのん》なものになった。

長老による懲罰は、すなわち死を意味するのだ。

「すでに長老への報告は済《す》ませています。長老は、あなたの無能《むのう》ぶりに大層《たいそう》お怒りでしたよ。長老直属の密偵であるわたしを陥れようとして失敗し、自らの能力を証明《しょうめい》することもできなかった上に、本来の任務をも成《な》し遂《と》げられなかったのですから、当然だとは思いませんか？」

皮肉めいた笑みを浮《う》かべるベラに、ジータは身が凍《こお》るような悪寒《おかん》を覚えた。

やがて、ふたりの間にひりつくほどに張《は》りつめた空気を破《やぶ》って、ジータが重々しく口を開く。

「それで…………あなたがアタシを殺すというわけね？」

いつものベラからは想像《そうぞう》もできない凶暴《きょうぼう》な殺意がもれ出すのを感じ取り、ジータは身構《みがま》えた。手は、腰《こし》に帯びた細身の剣《けん》に添《そ》えられていた。

「そうです」

と、ベラはジータの言葉を認《みと》めた。

「おもしろいわ。あなたが上か、それともアタシが上か。はっきりさせましょう。あなたを殺せば、長老も若長たちもアタシの力を認めるはずよ！」

「今更《いまさら》、はっきりさせる必要はありません。あなたは、わたしより劣《おと》っているのですから」

平然と言い放つベラ。

途端《とたん》に、ジータの顔色が変わった。怒りと憎《にく》しみがどす黒い炎《ほのお》となってその胸《むね》を焦《こ》がし、噴《ふ》き上げてくるのが見えた気がした。

「その自信が身を滅《ほろ》ぼすわよ、ベラ！」

こらえがたい殺意とともに、ジータは動いた。

「〝我《わ》が声を聞け、ウィル・オー・ウィスプ！　闇《やみ》を穿《うが》つその輝《かがや》きによりて、我が敵《てき》を焼き殺せ！〟」

光の精霊《せいれい》を呼《よ》び出して敵にぶつけ、その光と熱によって殺傷《さっしょう》する魔法《まほう》だ。

ジータの求めに応《おう》じ、白く輝く光の球体がベラの頭上に現《あらわ》れた。が、次の瞬間《しゅんかん》、光の精霊はベラの胸元に光る純白《じゅんぱく》の宝石のなかに封《ふう》じられた。

驚《おどろ》き、目を見張《みは》るジータに、

「なにを驚いているのですか？　あなたがわたしを殺させるために、〝炎晶石《ファイア・クリスタル》〟とともに闇商人から手に入れ、あの暗殺者の少女に渡《わた》したものと同じ〝精霊封じの魔石《スピリット・シーリング・ストーン》〟です」

ベラは首飾《くびかざ》りになっているその魔法の品物を示《しめ》した。

「小賢《こざか》しい真似《まね》を！」

苦々しげにうめいて、いま一度、呪文《じゅもん》の詠唱《えいしょう》に移《うつ》ろうとするジータを、ベラはあからさまに嘲笑《ちょうしょう》した。

「最初に自分が使おうとした手じゃない。そんなふうに、悪《あ》し様《ざま》に罵《ののし》るのはよくないわ」

「なっ！」

ジータは言い知れぬ恐怖《きょうふ》のために硬直《こうちょく》した。

ベラの顔に浮かび上がった、ゆらりと鎌首《かまくび》をもたげる毒蛇《どくじゃ》のような笑みは、ジータが知るどのベラにも当てはまらなかった。まるで、ひどく凶悪《きょうあく》で凶暴《きょうぼう》な別のなにかが、ベラの皮を着ているかのような、おぞましい感覚に囚《とら》われた。

そのジータの頭上から、音もなく凶刃《きようじん》が舞《ま》い降《お》りた。

月明かりを受けて一瞬閃《いつしゆんひらめ》いた銀色の光は、ジータの首の付け根から胸に向かって刺《さ》し貫《つらぬ》いていた。

「あ、あああ…………」

ジータは鮮血《せんけつ》の色をした双眸《そうぼう》を大きく見開いてあえいだ。

膝《ひざ》から崩《くず》れ落ちたが、倒《たお》れることはできなかった。背骨《せぼね》に沿《そ》って差し込《こ》まれた刃《やいば》を、何者かが握《にぎ》っているためだ。

大量の血がジータの身体《からだ》を流れ下り、薄汚《うすよご》れた大理石の床《ゆか》の上に広がっていく。なにかに摑《つか》まり、ふたたび立ち上がろうとでもしているのか、呪文《じゆもん》の詠唱《えいしよう》のために掲《かか》げようとしていた手が空を掻《か》いている。

「だから、あなたではベラに勝てないと言ったのよ」

と、頭の上から蔑《さげす》むような声がしたが、ベラのものではなかった。

顔を上げたジータは、ついさっきまで金色の髪《かみ》のエルフが立っていた場所に、長い黒髪を四肢《しし》に絡《から》みつかせた妖艶《ようえん》な美女が立っているのを見た。真っ赤な唇《くちびる》が歪《ゆが》み、残忍《ざんにん》さを秘《ひ》めた凄絶《せいぜつ》な微笑《びしよう》をつくりだしていた。

「お、おまえは…………」

問いかけようとしたジータに、

「〝百顔の〟ラミア様です」

と、耳元で告げる声があった。

こちらこそが、ベラだった。

シャンデリアの上に潜《ひそ》んでいたベラは、愛用の細身の剣《けん》を手にして飛び降《お》り、その勢《いきお》いを借りて刃《やいば》をジータに突《つ》き立てたのだ。

「これで、肩《かた》につけられた傷《きず》のお返しはしたわよ」

と、ラミアは言ったが、おそらくジータにはなんのことだかわからなかっただろう。ラミアがジータの〝矢運び《シュートアロー》〟の魔《ま》法《ほう》によって傷を受けたとき、彼女はエナンチェ男爵《だんしやく》夫人の姿《すがた》をしていたのだ。

「べ、ベラ……あなた、この恐《おそ》ろしい女に秘《ひ》密《みつ》を…………」

信じられないと言いたげなジータに、ベラは答えなかった。代わりに、ラミアが哀《あわ》れむように言う。

「あなたがベラと同じ立場なら、秘密を知られたと判断《はんだん》した段階《だんかい》であたしを殺そうとしたでしょうね。でも、ベラはそうしなかった。状況《じようきよう》を受け入れ、それを利用してあたしとの結びつきを強めることを選んだ。そのほうが、この先、大きな利益《りえき》があると読んだからよ。むろん、あたしと戦って勝てるかどうかという打算《ださん》もあったでしょうけど」

ラミアは膝先《ひざさき》を揃《そろ》えるようにしてジータの前に屈《かが》み、目を細めた。

「でも、それがあなたとベラの違《ちが》い。あなたでは、ベラを超《こ》えることなど到底《とうてい》できないわ」

冷酷《れいこく》な言葉が、ジータの心臓《しんぞう》をえぐる。

「なぜなの！」

と、ジータは肺《はい》から逆流《ぎゃくりゅう》してくる血とともに、絶叫《ぜっきょう》した。

「なぜ、ベラだけが認《みと》められるの？　なぜ、あなたはアタシの前を行くの？　幼《おさな》い頃《ころ》から、いつもいつも！　アタシは認めない……認めないわよ、ベラ。あなたが、アタシよりも優《すぐ》れているだなんて！」

「嫉妬《しっと》。それが、あなたを駆《か》り立てた理由ですか？……なるほど。だれよりも優れたものになりたいと思うことは、暗黒神《ファラリス》の眷属《けんぞく》として、あるいはそれがもっとも相応《ふさわ》しい欲望《よくぼう》なのかもしれませんね」

ベラのつぶやきは、もはやジータの耳には届《とど》いていなかった。

「殺してやる……殺してやる………ベラ、あなたを殺してやるわ」

憎《にく》しみだけをその瞳《ひとみ》に映して、ジータはゆるやかに死へと向かっていた。

「殺そうとするものは、殺されることを覚悟《かくご》しなくてはなりませんよ、ジータ」

「…………こ、殺して、やるぅ」

ジータは身体《からだ》を捻《ひね》り、ベラのほうを振《ふ》り返ろうとした。力を入れるたびに刃《やいば》が肉を裂《さ》き、臓腑《ぞうふ》をえぐっているはずだが、怯《ひる》む様子はない。

出血のために意識《いしき》が薄れ、痛《いた》みを感じていないのだろうか？　もはや、魔法を使うことも、剣を握ることも忘《わす》れてしまっているようだった。

眉《まゆ》を曇《くも》らせたベラの瞳《ひとみ》の奥《おく》に、痛々しげな色が浮《う》かんだ。

「なら、死んでください」

ベラは刃をさらに深く押《お》し込み、そして、えぐった。

びくりと、ジータの身体が震《ふる》えた。

「……あああ。べ、ラ」

と、命を吐《は》き出すようにして、ジータは最後の吐息《といき》をもらした。ベラを探《さが》すように虚空《こくう》を泳いだ腕《うで》が、ふいに落ちた。生気を失ってうつむいた顔には、それでもなお、なにかを求めているような表情《ひょうじょう》が張《は》り付いていた。

ベラはジータの死を確認《かくにん》すると、その亡骸《なきがら》から剣を引き抜《ぬ》いた。

死者は、自らの血によってつくられた血溜《ちだ》まりのなかへと倒《たお》れる。

「珍《めずら》しく感傷的《かんしょうてき》な顔ね、ベラ。やっぱり、仲間を殺すのは気が咎《とが》めたの？」

傍《かたわ》らに歩み寄《よ》ってきたラミアが、興味《きょうみ》深げな顔をして問うた。

「気持ちのよいものでないことは確《たし》かですが、ジータに同情したりはしません。どちらが優れているか、それをはっきりさせることは彼女の望みでしたから。ただし、その結果として自分が血溜まりのなかに沈《しず》むことは、彼女にとっては不本意なことだったかもしれませんが」

「そうね。でも、それならどうしてそんな顔をしているのかしら？」

「……………すこし、むかしのことを思い出しましたので」

「むかしのこと？」

「はい」

と、ベラはうなずいた。

七年前、ベラはアマデオから大切な人たちのために復讐《ふくしゅう》をする手伝いをしてほしいと依《い》頼《らい》された。村を占拠《せんきょ》していた盗賊《とうぞく》たちはその全員を殺したが、唯一《ゆいいつ》、ジータだけは殺さなかった。というより、ベラが現《あらわ》れた時点で、ジータは早々に盗賊たちを見捨《みす》てて引き上げていたのだ。

しかし――

「これで、やっと約束を果たせましたね」

ベラは、ジータの亡骸を見下ろしてつぶやいた。

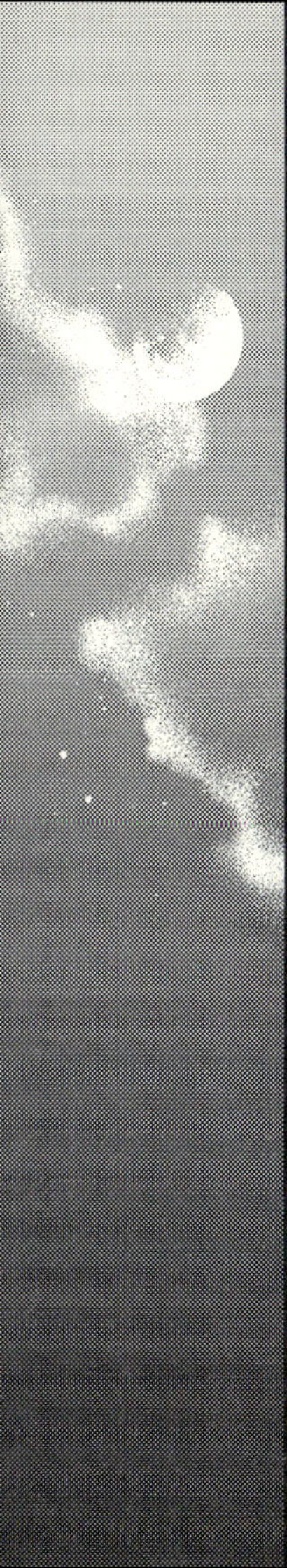

エピローグ

深い夜の底で
～そして、姫君は警備兵と踊る。

「どうやら片《かた》が付いたようだな。ご苦労だった、ベラ」

執務机《しつむづくえ》の向こうで、フェルゴが革張《かわば》りの椅子《いす》にもたれかかりながら言った。

「恐縮《きょうしゅく》です」

と、ベラは丁重《ていちょう》に頭を下げる。

結局、フェルゴとラミアの間で話がまとまり、今回の一件《いっけん》は収《おさ》められた。ふたりがどのような取り引きをしたかは、ベラには知らされていなかったが、あえて知る必要を感じてはいなかった。

ベラはフェルゴの執務室を辞す。

廊下《ろうか》に出ると、黒髪《くろかみ》の青年が待っていた。

「主任《しゅにん》。今日から職務《しょくむ》に復帰《ふっき》いたします」

と、アマデオはピンと背筋《せすじ》を伸《の》ばして敬礼《けいれい》した。青い瞳《ひとみ》が、まっすぐにベラを見つめている。

地下室の死の匂《にお》いがこびりつく陰湿《いんしつ》な暗闇《くらやみ》のなかから抜《ぬ》け出し、ふたりで清々《すがすが》しい朝の光の下に生還《せいかん》を果たしてから三日が過《す》ぎていた。ベラは、フェシーの残酷《ざんこく》な行為《こうい》によって失った血と体力とを回復《かいふく》させるため、今日までの休暇《きゅうか》をアマデオに与《あた》えていたのだ。

最初、アマデオは「大丈夫《だいじょうぶ》です」と言って固辞《こじ》していたが、ベラが厳《きび》しく命令して納得《なっとく》させた。

『もしものとき、十分に体力が回復していない者がいれば、ほかの者の足を引っ張ることになります』

ベラがそう諭《さと》したとき、アマデオの脳裏《のうり》には彼の窮地《きゅうち》を救うためにフェシーによって殺害された仲間のことが浮《う》かんだのだろう。アマデオは力無くうつむいて、唇《くちびる》を震《ふる》わせながら『はい』と答えたのだった。

「もう回復したようですね」

ベラが言うと、

「ご心配をおかけしました」

アマデオは、心の底から申し訳《わけ》なさそうな顔をして頭を下げた。

「あなたの心配をしたわけではありません。会館の警備に気を配ることは、わたしの責務《せきむ》のひとつです。当然、警備を担《にな》う者たちが十全に活動できるよう配慮《はいりょ》することも、それに含《ふく》まれるのですから」

「は、はい。すみません」

「あやまる必要はありません」

落胆《らくたん》したように肩《かた》を落としたアマデオに、ベラは素《そ》っ気《け》なく言った。が、そのあとで、

「しかし」とやや声の調子を柔《やわ》らかくした。

「あのフェシーという名の暗殺者の隠《かく》れ家《が》を見つけられたのは、あなたの働きがあったからでした。よくやってくれましたね」

アマデオは、一瞬《いっしゅん》、なにを言われたのかわからないという顔をした。それからたっぷり五つ数えるほどの時間をかけて、ようやくその澄《す》んだ青い瞳がきらきらと輝《かがや》きはじめた。

「はい。ありがとうございます！」

伸《の》び上がるようにして声を張り上げ、アマデオはうれしそうに笑顔を見せた。


夜になって、会館では盛大《せいだい》な夜会がはじまった。

「でも、あの坊《ぼう》やはよく死ななかったわね」

ほとほと感心した様子でラミアが言った。ちなみに、いまは赤銅色《しゃくどういろ》の髪と瞳とを持つ貴《き》婦人《ふじん》、エナンチェ男爵《だんしゃく》夫人の姿《すがた》をしている。

あの坊やとは、当然アマデオのことだ。

「運がよかっただけです」

と、ベラは淡々《たんたん》と応《おう》じた。

「そうね。運がよかったわ。あのお嬢《じょう》さんが悪趣味《あくしゅみ》の持ち主だったから生き残った。もし、もっと冷酷《れいこく》な性格《せいかく》の持ち主だったら、いまごろは冷たい土の下よ」

「男爵夫人やわたしのように、でございますか？」

「ほほほほほほほっ。そうね。その通りだわ」

ラミアはしなやかな手の甲《こう》を口元に添《そ》え愉快《ゆかい》そうに笑った。

ひとしきり笑ったあとで、ラミアは唇をベラの耳元に寄《よ》せてやや声色《こわいろ》を落とす。

「でも、幸運は神々の賜《たまわ》り物だというわ。あの坊やがどんな神に気に入られているかは知らないけど、神々はあたしなんかよりもずっと残酷なものよ。いつまで、幸運が続くかしらね？」

「なにをおっしゃりたいのですか？」

「もし、あなたがあの坊やのことを本気で気に入っているのなら、さっさと手放しなさい。そして、この都から追い出してしまったほうがいいわ。でなければ、あの坊やは確実《かくじつ》に死ぬことになるわよ」

「………おっしゃっている意味がわかりかねます」

「これは忠告《ちゅうこく》よ、ベラ。あの坊やは、信じてはいけないものを信じているけれど、そのことにまったく気づいていないわ。まるで財宝《ざいほう》があるという悪魔《あくま》の言葉を信じて、意気揚々《ようよう》と竜《りゅう》の巣《す》に乗り込《こ》んでいく無知で、無邪気《むじゃき》な、冒険者《ぼうけんしゃ》のようにね。これが喜劇《きげき》なら、きっとひどくデキの悪い喜劇よ。冒険者が信じている悪魔は暗黒の妖精族《ようせいぞく》で、それもとびきりの美女なんだから。裏切《うらぎ》られるのは目に見えているわね」

と、ラミアは肩をすくめた。

「どうやら、その喜劇のなかでは、わたしは冒険者をそそのかす悪魔の役回りを演《えん》じなくてはならないようです」

「たとえ冒険者が竜の息吹《いぶき》で焼き殺されても、観客《かんきゃく》にとっては喜劇のままでしょうね。でも、冒険者をそそのかした悪魔にとってはどうかしら？」

「そのつもりでそそのかしたのなら、悪魔は満足するのではないですか？」

「もちろん、そうね。でも、そのつもりじゃなかったのなら、きっと後悔《こうかい》するわ。そう思わない？」

ラミアは意味深《いみしん》な視線《しせん》で、ベラの表情《ひょうじょう》のない顔をのぞき込んだ。

ベラは長い間沈黙《ちんもく》していた。

舞踏会《ぶとうかい》の音楽が賑《にぎ》やかに響《ひび》いている。

「…………わたしには、わかりかねます」

と、ベラは抑揚《よくよう》のない平坦《へいたん》な口調で言った。

視線を巡《めぐ》らせると、アマデオがララサベル公爵家《こうしゃくけ》の姫君《ひめぎみ》を相手に四苦八苦《しくはっく》しながら円舞を踊《おど》っているのが見えた。時折、エビータの足を踏《ふ》んでは、申し訳《わけ》なさそうにあやまっているのが遠目にもわかった。

最初、エビータはベラに円舞の相手をしてほしいと言った。が、職務《しょくむ》を理由にベラはその申し出を丁重に断《ことわ》り、代わりにアマデオに相手を命じたのだった。

円舞など踊ったことのないアマデオにとっては、とんだ災難《さいなん》だっただろう。円舞の相手を命じられたときの、黒髪《くろかみ》の青年のいまにも泣き出しそうな情《なさ》けない顔が思い出される。

「ですが」と、ベラは付け加えた。「冒険者が、本当に財宝を見つけることもあるかもしれません」

「なるほど。そういうことも、あるかもしれないわね」

ラミアはにやにやと笑った。

ふたりの視線の先で、アマデオとエビータが派手《はで》に転んだ。

「きゃあああっ」

アマデオがエビータの足を引っかけ、押《お》し倒《たお》すようにして倒れたのだ。

「ふふふ。あの坊《ぼう》や、お姫様を押し倒したままあやまってるわよ。助けてあげたらどうなの、ベラ?」

「何事にも、自らの力で対処《たいしょ》できるように日頃《ひごろ》から鍛《きた》えていますから」

「あら、厳《きび》しいのね」

心なしか憮然《ぶぜん》とした表情のベラに、ラミアはさも楽しそうに声を上げて笑い出した。


「す、すみません。姫君」

アマデオは両腕《りょううで》で身体《からだ》を起こし、自分の下で尻餅《しりもち》をつくように倒れているエビータに、何度目かの謝罪《しゃざい》をした。傍目《はため》から見ても、情けないくらいにうろたえているのがわかる。

「いいえ。わたくしのほうこそ、申し訳ありませんでした」

と、エビータもあやまった。耳まで真っ赤になっている。

「いいえ、本当にオレのほうが」

「本当にわたくしが」

アマデオとエビータ、ふたりの同じ色をした瞳《ひとみ》が互《たが》いを見つめ合った。

「あ、あの……」

青年は、なにか言わなくてはと思いながら言葉が見つからないようだった。

困《こま》っているうちに、

「あの」

と、可憐《かれん》な少女の淡《あわ》い唇《くちびる》が鈴《すず》の音にも似《に》た声を紡《つむ》ぎ出した。

「立っても、よろしいでしょうか？」

そう言われて、アマデオははじめて自分がエビータの上に覆《おお》い被《かぶ》さるようにしていることに気づき、大慌《おおあわ》てで立ち上がった。

「申し訳ありません。姫君！」

「いいえ。お気になさらないでください。だれでも、はじめはうまくできないものですから」

にこりと笑うエビータ。

むろん、アマデオはそのことをあやまったわけではなかったのだが、それを指摘《してき》することはしなかった。

「ありがとうございます。姫君。どうぞ、お手を」

と、すこし照れたように頬《ほお》を染《そ》めながら手を差し出した。エビータの細く繊細《せんさい》な指が、その手に触《ふ》れる。

「ありがとうございます」

アマデオの手を借りて立ち上がったエビータは、公爵家の姫君らしくスッと優雅《ゆうが》な仕草《しぐさ》で姿勢《しせい》を正した。緩《ゆる》やかに波打つ蜂蜜色《はちみついろ》の髪が淡い桜色《さくらいろ》のドレスを包むように舞《ま》い落ちる。

まるで時の神の愛娘《まなむすめ》のごとく、少女の周りの時間だけがゆっくりと流れているようだった。

エビータは、きらめくような笑顔をアマデオに向けた。

「さあ、続きを踊《おど》りましょう」

ふたたび踊り出したアマデオとエビータを一瞥《いちべつ》し、ベラは賑やかな舞踏会場に背《せ》を向けて中庭に降《お》りた。

「じゃあね。ベラ。また深い夜の底で会いましょう」

ひらひらと手を振《ふ》りながら去っていくラミアの後ろ姿を見送ったあと、ベラはふいに空を見上げた。

灰色《はいいろ》の雲の隙間《すきま》で、闇《やみ》にむさぼり食われたように薄《うす》く欠けた月が、それでもなお皓々《こうこう》と輝《かがや》いていた。

（了）

あとがき

自宅《じたく》を出ると、ちょうど正面のマンションの庭にすっくと伸びたヒマワリの黄色い花がふたつ、キラキラとしたまぶしい陽差《ひざ》しのなかで、まるで遊び盛《ざか》りの少年のような顔をして咲《さ》いていました。背景には、真っ白な雲がぽっかり浮かんだ青い空。絵に描《か》いたような夏の風景です。なんだか無性《むしょう》に「夏休み」という言葉が懐《なつ》かしくなりました。

夏休みと言えば、なぜか高校まで、という印象《いんしょう》があります。大学にも夏の休みはあったはずですが、それは「夏休み」というものではすでになかった気がするのです。なかでも、小学生の頃の夏休みの思い出はやけにきらめいています。友達《ともだち》と自転車で山に登ったりカブトムシを捕《と》りに森に入ったりしていました。あのクソ暑いなかを、よくもあんなに走り回れたものだと思います。元気だったんだなあ（しみじみ〜）。いまでは、冷房《れいぼう》の効《き》いた要塞《ようさい》から外に出たが最後、一瞬《いっしゅん》のうちにソロモンのように焼き尽《つ》くされてしまいそうです。まだそこまで症状《しょうじょう》が進んでいない人は、できるだけ外に出て運動し、こんな身体《からだ》になってしまわないように気をつけましょう。ただし、日射病《にっしゃびょう》には気を付けましょう。

さて、そろそろ本書についての話をしたいと思います。

これまで、川人《かわひと》はソード・ワールドでは短編をいくつか書かせて頂きました。が、実のところ長編は本書がはじめてです。

本書は、ダークエルフのベラを主人公としたシリーズものの第一巻《かん》で、続刊が予定されています。構想《こうそう》では十冊くらいになるはずです。最終巻では、ベラは一〇レベルになっていて、ダークエルフ族の頂点《ちょうてん》に立っているかもしれません。

……………嘘《うそ》をつきました。ごめんなさい。でも、それくらい続いたらいいなあ、という野望というか希望はあります。構想も半分くらいまではちゃんとあります。本書を書くにあたって、十数本もプロットを立てましたから。それらのプロットの多くは、ファンドリアに巣喰《すく》う組織や近隣《きんりん》の国々が関わる陰謀《いんぼう》ものが中心です。そんなわけで、今後もベラはさまざまな危機《きき》に見舞《みま》われるでしょう。

ところで、本書は既刊《きかん》の『ソード・ワールド短編集　へっぽこ冒険者と緑の蔭《かげ》』に収録されている短編『〈黄金《おうごん》の車輪《しゃりん》〉』のその後の物語になっています。といっても、短編を読んでいなければ楽しめないというわけではありません。短編で扱《あつか》っている事件は、あくまでもベラやラミアにとっては「過去《かこ》」の出来事《できごと》に過《す》ぎないからです。しかし、「過去」というものは厄介《やっかい》なものです。どうしたって、人というものは「過去」からは自由でいられないものだからです。もし、彼女らの「過去」に興味《きょうみ》がある方は、どうか短編のほうも読んでみてください。なにがベラを縛《しば》り、その心に拭《ぬぐ》いきれないオリをこびりつかせているのかを知ることができるでしょう。

本書が生まれるにあたり、すばらしいイラストを描《えが》いてくださいました椎名《しいな》氏に敬意《けいい》と謝辞《しゃじ》を。ベラもラミアもエビータも完璧《かんぺき》です！　なかでも、ロゼッタに惚《ほ》れました（涙《なみだ》）。さらに、担当編集のH氏の情熱《じょうねつ》に感謝を。容赦《ようしゃ》なく原稿をボツにしてくださったことは生涯《しょうがい》忘《わす》れないでしょう！　いえ、本当に、ボツにしてくださったからこそ、本書が生まれたのですから。

そして、なによりも。本書を手にしてくださいましたみなさまに「ありがとうございます」を言わせていただきます。願わくば、次のベラの物語で再会できますように。

フォーセリアの神々に祈《いの》りを捧《ささ》げつつ。

川人　忠明

解説

清松みゆき

ソード・ワールドの世界に、新しいシリーズがまた一つ加わりました。それが、このダークエルフ、ベラのシリーズです。舞台《ぶたい》として選ばれたのは、〝混沌《こんとん》の王国〟と呼ばれるファンドリアです。ダークエルフやファンドリアといったキーワードと、このシリーズの設立経緯《けいい》について、ここで少し述《の》べたいと思います。

今さらながらですが、ソード・ワールドは、〝ソード・ワールドＲＰＧ〟というゲームを中心軸《じく》に置く世界です。その中で、ダークエルフという種族は、もともとは、敵役限定として設定されたものです。ゲーム用語で、「精神力抵抗力に＋４」と表記される、魔法に対する高い耐性《たいせい》などは、ゲームにおいて手強い（＝おもしろい）敵であるために設定されたものであり、プレイヤーが操作《そうさ》するプレイヤー・キャラクター（ＰＣ）としての使用は、少なくとも公式には前提《ぜんてい》とされていませんでした。

そのダークエルフを闇司祭《ダーク・プリースト》ともども、ＰＣとして使用可能にしたゲーム・サプリメントが、２００５年夏に刊行された『ソード・ワールドＲＰＧツアー③ファンドリア』（新《しん》紀元社《きげん》刊）です。〝混沌の王国〟ファンドリアは、アレクラストで唯一《ゆいいつ》国家公認された暗黒神神殿《ファラリスしんでん》があり、善良とは言えないいくつもの組織が、傀儡《かいらい》の国王を立てているという特異な設定を持っていました。ファンドリアは悪役国家として位置づけられ、〝ソード・ワールドＲＰＧ〟を遊ぶにおいては、「ファンドリア（内組織）の手による陰謀《いんぼう》」という、シナリオフックを提供《ていきょう》する役割《やくわり》を果《は》たしてきました。

しかし、いざ、ファンドリアの中に舞台を移して冒険しようとすると、いきなり扱いに窮《きゅう》するという、思いがけない面も持っていました。暗黒神の司祭《しさい》や信者は、通常の冒険においては悪役と設定され、その悪行をＰＣに断罪《だんざい》される存在です。一般には、プレイヤーの感情、ＰＣのモラル、そしてゲーム内での法や社会規範《きはん》が一致《いっち》するために、この行動に問題がありません。ところが、暗黒神信仰が国家公認されているというファンドリアの設定は、この前提を覆《くつがえ》してしまうのです。そのために、直接の冒険の舞台としては、非常に使いにくい場所になってしまっていました。

そこに対して切りこんでいき、ファンドリアでの冒険《ぼうけん》を可能にしたのが、『ツアー③ファンドリア』です。前述の問題を解決して、ファンドリアで無理なくゲームを重ねられることを主眼《しゅがん》に、さまざまな設定を追加し、ルール的補助を加えて、これは製作されました。それにより、ダークエルフ及び闇司祭もまた、ＰＣとして使用可能となったのです。

さて、この『ツアー③ファンドリア』と同時に、ソード・ワールド短編集の企画も進行していました。発売時期の近いこれらを連動させない理由もなく、この短編小説集のテーマを「中原四国《ちゆうげん》」とし、舞台の一つとしてファンドリアを組みこんだのです。

このときに、執筆担当者として手を挙げたのが川人忠明《かわひとただあき》です。「ツアー③」でも、シナリオを担当しており、新しく設定されたファンドリアに精通《せいつう》しているという点では問題のなかった彼ですが、今までに執筆してきた作品は、のほほんであったり、きゃぴきゃぴであったり、てらいもなく正義《せいぎ》を語ってみたりなど、およそ、ファンドリアには似《に》つかわしくないものでした。「本当にやんの？」と尋《たず》ねたときに、「アイデアがありますから」と自信満々に答えてくれましたが……。「やっちゃいました」と言いながら、上げてきたのは、これ以上ないという悪漢小説《ピカレスク・ロマン》『〈黄金の車輪〉』（『へっぽこ冒険者と緑の蔭《かげ》』に収録）でした。「個人的にはおもしろいが、いいのか？」とさんざん悩《なや》んだ末、「評価は神（読者）が下す！」と、世に送り出しました。

結局、「神」は、川人とダークエルフとファンドリアを支持《しじ》してくれました。それが、この、ソード・ワールド小説の中でも、ひときわ異彩《いさい》を放《はな》つ物語シリーズへと結びついたのです。その支持と期待に恥《は》じない物語が、これからも、どんどんと紡《つむ》がれていくはずです。楽しみにお待ちください。

データ・セクション

【キャラクター】

ベラ（ダークエルフ、女、？歳）
器用度21（+3）敏捷度20（+3）知力21（+3）筋力7（+1）
生命力10（+1）精神力18（+3）
保有技能：シャーマン7、シーフ6、レンジャー6
　　　　　ダークプリースト（ファラリス）4
冒険者レベル：7
生命力抵抗力：8　精神力抵抗力：14
武器：高品質ショートソード（必要筋力4）
　　　　　攻撃力9　打撃力8　追加ダメージ7
　　　高品質ロングボウ（必要筋力7）
　　　　　攻撃力9　打撃力16　追加ダメージ7
　盾：なし　回避力9
　鎧：高品質ハード・レザー・アーマー（必要筋力4）
　　　　　　　　防御力8　ダメージ減少7
魔法：精霊魔法7レベル　　　　　　魔力10
　　　暗黒魔法4レベル（ファラリス）　魔力7
言語：会話——共通語、エルフ語、精霊語
　　　読文——共通語、エルフ語

アマデオ（人間、男、18歳）
器用度13（+2）敏捷度13（+2）知力12（+2）筋力18（+3）
生命力19（+3）精神力12（+3）
保有技能：ファイター1
冒険者レベル：1
生命力抵抗力：4　　精神力抵抗力：3

武器：ブロードソード（必要筋力12）
攻撃力3　打撃力12　追加ダメージ4
盾：なし　回避力3
鎧：ハード・レザー・アーマー（必要筋力12）
防御力12　ダメージ減少1
言語：会話——共通語、西方語
読文——共通語、西方語

フェシー（人間、女、16歳）
器用度15（+2）　敏捷度16（+2）　知力15（+2）　筋力10（+1）
生命力12（+2）　精神力14（+2）
保有技能：シーフ3、セージ1
冒険者レベル：3
生命力抵抗力：5　　精神力抵抗力：5
武器：高品質ショートソード（必要筋力5）
攻撃力5　打撃力7　追加ダメージ4
ダガー（必要筋力5）
攻撃力5　打撃力5　追加ダメージ4
盾：なし　回避力5
鎧：高品質ソフト・レザー・アーマー（必要筋力5）
防御力7　ダメージ減少3
言語：会話——共通語、西方語
読文——共通語、西方語、下位古代語

ロゼッタ（人間、女、16歳）
器用度16（+2）敏捷度18（+3）知力12（+2）筋力9（+1）
生命力11（+1）精神力14（+2）
保有技能：シーフ3、レンジャー1
冒険者レベル：3
生命力抵抗力：4　　精神力抵抗力：5

武器：高品質ショートソード（必要筋力４）
　　　　攻撃力５　打撃力６　追加ダメージ４
　ダガー（必要筋力４）
　　　　攻撃力５　打撃力４　追加ダメージ４
盾：なし　回避力６
鎧：高品質ソフト・レザー・アーマー（必要筋力４）
　　　　　　防御力６　ダメージ減少３
言語：会話——共通語、西方語
　読文——共通語、西方語

ジータ（ダークエルフ、女、？歳）
器用度21（+3）敏捷度18（+3）知力18（+3）筋力６（+1）
生命力11（+1）精神力19（+3）
保有技能：シャーマン５、シーフ５、レンジャー４、セージ３
　　　　ダークプリースト（ファラリス）３
冒険者レベル：５
生命力抵抗力：６　　精神力抵抗力：12
武器：高品質ショートソード（必要筋力３）
　　　　攻撃力８　打撃力７　追加ダメージ６
盾：なし　回避力８
鎧：高品質ソフト・レザー・アーマー（必要筋力３）
　　　　　　防御力７　ダメージ減少５
魔法：精霊魔法５レベル　　　　　　魔力８
　暗黒魔法３レベル（ファラリス）　魔力６
言語：会話——共通語、エルフ語、精霊語
　読文——共通語、エルフ語

【アイテム】

変装の耳飾り（イヤリング・オブ・ディスガイス）
知名度＝14
魔力付与者＝多数
形状＝琥珀色の宝石を飾った耳飾り
基本取引価格＝12万ガメル
魔力＝使用者を変装させる

この耳飾りは、それを身につけた者を〝ディスガイズ〟と同様に、魔法によって変装させる効果があります。この効果は念じれば常に得ることができ、また、無限に使用することが可能であり、精神力も消費しません。

品物の効果は〝ディスガイズ〟の魔法とまったく同じであり、不審を抱いた者はそれを見破ろうとすることができます。このときの目標値は12です。

精霊封じの魔石（スピリット・シーリング・ストーン）
知名度＝16
魔力付与者＝不明
形状＝白色の水晶
基本取引価格＝4万5000ガメル
魔力＝精霊を封じる

身につけているものの周囲で「精霊魔法」が使われた（着用者に向かって使われた、着用者自身が精霊魔法を使おうとした）場合、この石はその精霊を封じこめてしまい、その結果、その精霊魔法は無効化されます。

ただし、モンスター・レベルが5か、それより大きい中位にあたる精霊を使う魔法を封じようとした場合、魔法自体は封じることができますが、精霊を封じきれずに、石が壊れてしまいます。また上位精霊は封じることができず、使われた精霊魔法はそのまま効果をあげ、同

時に石が壊れてしまいます。
　一度に封じておける下位精霊は一つだけです。すでに精霊を封じてしまっている状態の場合、この石は何の役にも立ちません。封じこんだ精霊は精霊使いが解放できます。また、「ウンディーネ」「サラマンダー」「シルフ」「ノーム」であれば、古代語魔法の〝サプレス・エレメンタル〟の呪文を使って（精霊界へと）追い出してしまうことも可能です。

暗晶石（ダーク・クリスタル）
知名度＝13
魔力付与者＝多数
形状＝球状に磨かれた黒色の水晶
基本取引価格＝残り使用回数×120ガメル
魔力＝〝ダークネス〟の呪文がかかる
　合言葉を唱えると〝ダークネス〟と同等の闇が訪れます。10回使用すると壊れてしまいます。

炎晶石（ファイア・クリスタル）
知名度＝13
魔力付与者＝多数
形状＝球状に磨かれた薔薇色の水晶
基本取引価格＝3200ガメル
魔力＝投げると〝ファイアボール〟と同等の効果が得られる。
　投げると〝ファイアボール〟と同等の打撃力20のダメージを効果範囲に与えます。魔力は4です。1回使用したら、壊れてしまいます。

組織関係図

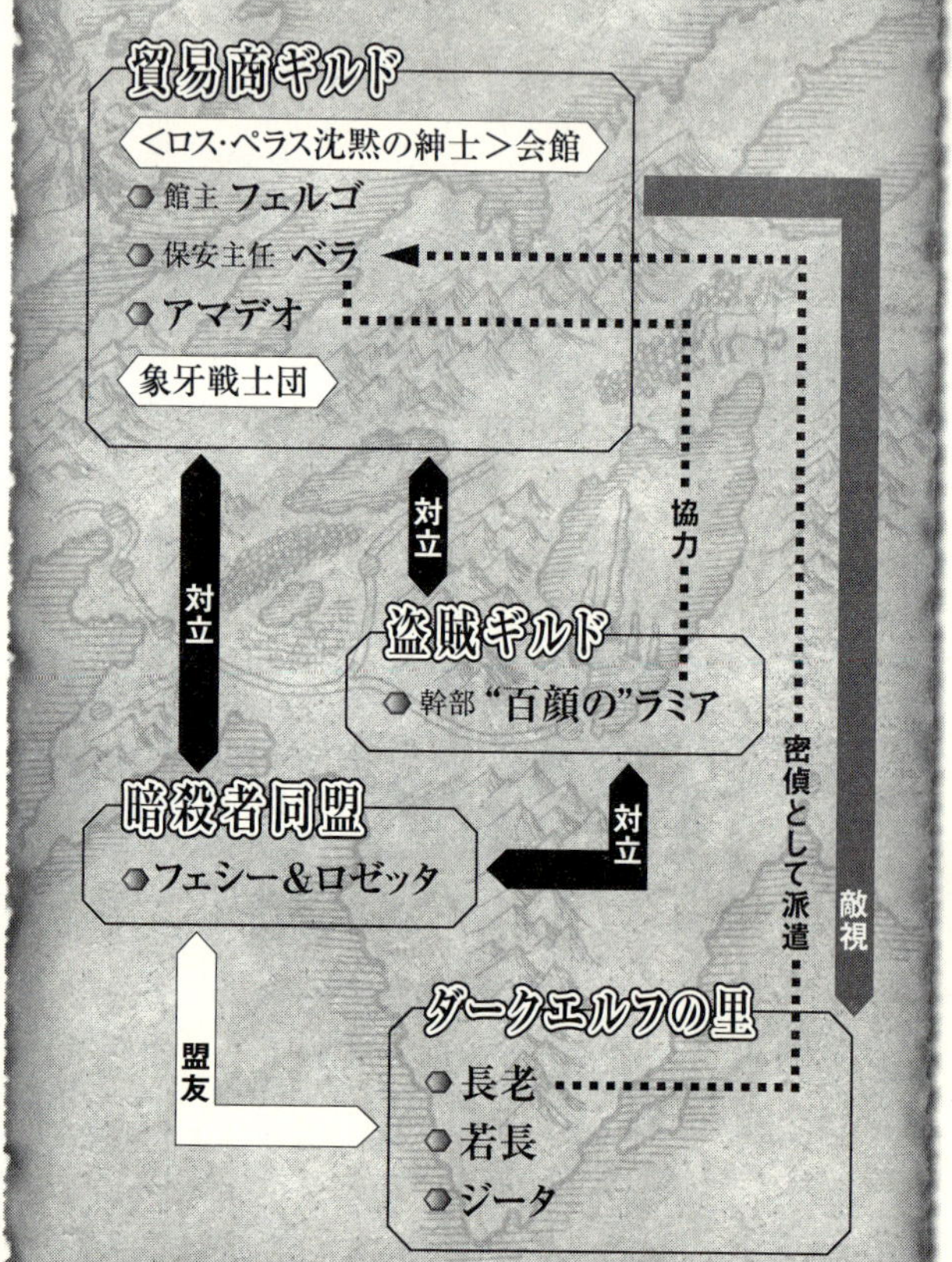
貿易商ギルド
<ロス・ペラス沈黙の紳士>会館
館主 フェルゴ
保安主任 ベラ
アマデオ
象牙戦士団
対立
対立
協力
盗賊ギルド
幹部 “百顔の”ラミア
暗殺者同盟
フェシー&ロゼッタ
対立
密偵として派遣
敵視
盟友
ダークエルフの里
長老
若長
ジータ

富士見ファンタジア文庫

ソード・ワールド・ノベル
ダークエルフの口《くち》づけ
平成18年8月25日　初版発行

著者——川人忠明《かわひとただあき》

発行者——小川　洋
発行所——富士見書房
〒102-8144
東京都千代田区富士見1-12-14
電話　営業　03(3238)8531
　　　編集　03(3238)8585
振替　00170-5-86044

印刷所——旭印刷
製本所——本間製本
落丁乱丁本はおとりかえいたします
定価はカバーに明記してあります
2006 Fujimishobo, Printed in Japan
ISBN4-8291-1850-4 C0193

富士見ファンタジア文庫

ソード・ワールド・ノベル

ヒーローになりたい！

サーラの冒険①

山本 弘

勇気のあるところをみんなに見せたい、ヒーローになりたい！　優《やさ》しげな容姿《ようし》と女の子みたいな名前で仲間からバカにされている少年サーラは、ある日怪物退治に行く冒険者とであった。チャンスをとらえて、一行に加わることを許されたサーラ。

さあ、冒険のはじまりだ!!　〝ごっこ〟じゃない、本物の冒険の……。

山本弘書き下ろし長編RPGファンタジー。

ソード・ワールド短編集

ぺらぺらーず漫遊記

安田 均編 藤澤さなえ他

ぺらぺらな五人組、名付けて、“ぺらぺらーず”。虚弱体質な盗賊少年クレスポ。お嬢様で魔法剣士の少女ベルカナ。ワガママ怠惰なエルフ、シャイアラ。本が恋人、グラスランナー、ブック。田舎純朴青年ハーフ・エルフ、マロウ。五人は、ロマールを裏で牛耳る大組織〈盗賊ギルド〉に入ることになってしまった。彼らの先にあるのは、明るい冒険者ライフか、それとも——!?

ファンタジア長編小説大賞

作品募集中

神坂一(『スレイヤーズ』)、榊一郎(『スクラップド・プリンセス』)、鏡貴也(『伝説の勇者の伝説』)に続くのは君だ!

ファンタジア長編小説大賞は、若い才能を発掘し、プロ作家への道を開く新人の登竜門です。ファンタジー、SF、伝奇などジャンルは問いません。若い読者を対象とした、パワフルで夢に満ちた作品を待ってます!

大賞 正賞の盾ならびに副賞の100万円

【選考委員】安田均・岬兄悟・火浦功・ひかわ玲子・神坂一(順不同・敬称略)
富士見ファンタジア文庫編集部・月刊ドラゴンマガジン編集部

【募集作品】月刊ドラゴンマガジンの読者を対象とした長編小説。未発表のオリジナル作品に限ります。短編集、未完の作品、既製の作品の設定をそのまま使用した作品などは選考対象外となります。

【原稿枚数】400字詰め原稿用紙換算250枚以上350枚以内

【応募締切】毎年8月31日(当日消印有効)　【発表】月刊ドラゴンマガジン誌上

【応募の際の注意事項】

●手書きの場合は、A4またはB5の400字詰め原稿用紙に、たて書きしてください。鉛筆書きは不可です。ワープロを使用する場合はA4の用紙に40字×40行、たて書きにしてください。
●原稿のはじめに表紙をつけて、タイトル、P.N.(もしくは本名)を記入し、その後に郵便番号、住所、氏名、年齢、電話番号、略歴、他の新人賞への応募歴をお書きください。
●2枚目以降に原稿用紙4~5枚程度にまとめたあらすじを付けてください。
●独立した作品であれば、一人で何作応募されてもかまいません。
●同一作品による、他の文学賞への二重応募は認められません。
●入賞作の出版権、映像権、その他一切の著作権は、富士見書房に帰属します。
●応募原稿は返却できません。また選考に関する問い合わせには応じられませんのでご了承ください。

【応募先】〒102-8144　東京都千代田区富士見1-12-14　富士見書房

月刊ドラゴンマガジン編集部　ファンタジア長編小説大賞係

※さらに詳しい事を知りたい方は月刊ドラゴンマガジン(毎月30日発売)、弊社HPをご覧ください。(電話によるお問い合わせはご遠慮ください)